U0902737

本书由广西民族大学文学院
中国现当代文学创新团队建设经费资助出版

文学与人类学文库

徐新建◎主编

文化之和

刘华◎著

中国社会科学出版社

图书在版编目（CIP）数据

文化之和/刘华著．—北京：中国社会科学出版社，2017.12

（文学与人类学文库）

ISBN 978-7-5203-0014-8

Ⅰ.①文… Ⅱ.①刘… Ⅲ.①世界文学—文学研究②文化人类学—研究—中国 Ⅳ.①I106②C912.4

中国版本图书馆 CIP 数据核字（2017）第 047402 号

出 版 人 赵剑英
责任编辑 郭晓鸿
特约编辑 席建海
责任校对 朱妍洁
责任印制 戴 宽

出 版 中国社会科学出版社
社 址 北京鼓楼西大街甲 158 号
邮 编 100720
网 址 http://www.csspw.cn
发 行 部 010-84083685
门 市 部 010-84029450
经 销 新华书店及其他书店

印 刷 北京明恒达印务有限公司
装 订 廊坊市广阳区广增装订厂
版 次 2017 年 12 月第 1 版
印 次 2017 年 12 月第 1 次印刷

开 本 710×1000 1/16
印 张 14.5
插 页 2
字 数 162 千字
定 价 48.00 元

凡购买中国社会科学出版社图书，如有质量问题请与本社营销中心联系调换
电话：010-84083683

序

十字路口求知解困

徐新建

刘华是很有才华和个性的青年学者。大约十多年前，我跟她在南宁的一次学术交流活动中相识。那时她还在北大中文系攻读硕士学位，并已在西藏大学援教多年，还出过一本独闯阿富汗的纪实作品。[①] 我们是在广西民族大学筹办的文学人类学交流会遇见的。交谈中我了解到她虽然是民大文学院青年教师，讲授中国现当代文学，但似乎对理论思辨的话题兴趣更浓。学术交流活动还未结束，刘华便对我说要报考四川大学的文学人类学博士，结果次年就考上了。

差不多六年之后——中间经过汶川地震及其之后数年往返的灾区救援，刘华以《文化及其相对性——兼论中国早期人类学之路》为题的论文答辩通过，本人身份也随之改变，

① 班卓（刘华）:《陌生的阿富汗》，中国青年出版社2005年版。

成为了川大毕业的文学人类学博士。本书便是她博士论文的修订本。

《文化之和》从词义、范畴及对比等多层面辨析文化，关注使国人深受困扰的“十字路口”综合症，通过中外关联的案例，考察是否可能摆脱“古今—中西”的路径纠缠，重新出发，继续前行。

作者挑选出四个案例加以论述，并力图在纵横交错中体现均衡。她先将古希腊的俄狄浦斯“神话故事”与《圣经·约伯记》的“对话事件”（“智慧诗”）并置在一起，展示两希文明的命运悲剧和智慧文学。用刘华的话说，这样的并置概括了古代希腊与希伯来文化共同代表的理性、个体与信仰的相互关联。在我看来，其实是揭示了彼此皆有的理性、神性与自我“三位一体”。对于何以能把审美的悲剧与信仰的《圣经》交叉讨论，刘华的依据是文学与人类学结合，强调文本细读，也就是将二者视为互文性的文学文本。这样，无论舞台表演还是传说、颂唱，都可经由人类学眼光予以解读和阐释。当然，一如我们从文学人类学出发不断阐发的那样，此处的“文学”已远非以近代小说为中心的狭隘界定，人类学也更接近从“人观”出发的学科整体，亦即以追问“人是什么”为起点的自我反思和表述，而不只是限于国别与族群的民族志书写。①

① 徐新建：《回向“整体人类学”》，《思想战线》2008 年第 2 期；《文学人类学的中国历程》，《西南民族大学学报》2012 年第 12 期。

可是，远隔时空的两希案例如何能与现代中国的梁漱溟、费孝通相关呢？在刘华的论述里，连接的纽带再次归到已被世人反复言说的“西学东渐”。因为西学影响，激发了梁漱溟对“人生三路向”的对比，启发国人在“前进”“后退”或“折中”里做出选择；因为西出取经，促成了费孝通把所学的人类学理论方法运用于中国，并在与梁漱溟相同的救国济世情怀下，将目光由旨在反衬的“异文化”描写转向志在富民的“本文化”重造。

然而，中西两组案例蕴含的是两条不同的人类道路，一条指向认识自己（信仰者）、认识神（超越），一条涉及改造社会（本文化）、重建国家（世俗）。刘华把它们用十字路口关联起来，试图完成阐释上的人类学打通。可是难度甚大，因为存在鸿沟。如果说后一条路偏向区别于主体的“外界”乃至于听由摆布之“对象”的话，前者的设定则包含了人类整体和“每一个人”。此外，无论俄狄浦斯悲剧展示抑或约伯式的智慧对话，都属于两希文明的原创经典；相比之下，梁漱溟和费孝通的案例，尽管堪称本土的时代象征，却仍只是现实和俗界的特定体现，难以同综合了人性、神性与自我的“三位一体”问题相对应。我的理解是，作者之所以把它们组合起来，是为了借西释中；用她写在书里的话说，就是“通过重新理解‘传统’来理解‘现代’”，从而寻求文化之“和”——借助文化，抵达人和。

这样的意图是否合理，目标能否达成，还得交由读者验证。作为刘华博士论文指导者及本书样稿先阅者，我想强调的是，《文化之和》的写作不仅展示和推进了文学人类学的前沿形态，同时也印证了一个更重要的信念，那就是：学科理论只是工具，求知解困才是根本。若果真能在十字路口知道、解脱，学不学科抑或古今中西又能有多大分别呢？

2017 年 6 月于四川大学

前　　言

一

本书缘起于一种追溯的愿望。

今天的我们站在各种岔路口上，面对许多纷繁复杂的可能性和花样翻新的现象，这首先需要加以识别，不然容易迷路。然而我们依据什么去识别？好比医生给人看病，病人有各种体征和病征，医生当如何去识别究竟哪里出了问题。传统中医用的手段是所谓望闻问切。他看看你气色、面相、形态如何，听听声音、气息，问问情况，或者把把脉查查脉象如何。然而这些只是手段，医生通过这些手段获得一些信息去推断身体的问题；重要的并非具体手段，这个医生得对人身体的整体运行状况了然于胸，这种了然则建立在中医特有的也是中国传统文化中最基本的认识事物的整体性思维方式之上。也就是说，医生诊病并非直接针对种种现象，并非头疼就开治头的方，脚痛就开治脚的方。他首先要建立起认识事物的某种思维方式，据之去理解及认识身体的整体运行状况，在此基础上则通过望、闻、问、切这些手段获得一些信息，从而推断在整体的运行当中哪个部分或哪个环节出了问题，然后才做出诊断、制定方案、开出药方。

以学问为业的思考者就像医生，其识别过程也大抵如此。种种现象好比种种体征和病征，要有“望闻问切”这些手段去获得关于这些现象的信息，但是据以识别这些信息的并非手段本身，而是先于手段的认识事物的思维方式。如对“西方”一词的认识。

先于辨识“西方”究竟何意之前，我们要去识别“西方”一词究竟是现象还是实体。现今指称的“西方”并非纯粹的地理概念，亦不再是古代神话中西王母所居之地或唐时玄奘法师前往取经的那一“西天”，而用以指称现今的欧美发达国家，更多地表达了政治经济的意向。因此，所谓“西方”的内涵是变动的，或者说关于“西方”的特征是人为界定的。它并非一个实体，而是一种现象或观念，是某些人在某时段内的某种认识，而根据不同地点、人、时段以及不同认识，其特征亦会相应变化。既然“西方”的内涵是变动的，我们当去追究的就不是它显现出来的现象，种种现象只是不同因素组合变化的显现而已。

但是，即使识别出“西方”是一个现象或观念，当中具有地点时间等变动性因素，也只是通过“望闻问切”得到了一些信息，要对这些信息做出判断却不能仅仅依据这些因素，而要如同中医诊病一样把这些因素重新放回到一种整体性的理解中。

既然被称为“西方”，不管其内涵如何变化，它的出现则非单独，而是相对于另一个也许被称为“东方”的现象而出现。也就是说不管这个“西方”或“东方”的内涵具体为何，它们都不可能单独出现而总是一起出现，共同表明人们对世界的某种区分和认识。进一步来讲，人对世界的认识亦非单独出现，与之一同出现的是人对自身的认识。人如何认识自身，就会按照这种方式来认识他人和世界；这类认识总是同时存在的。反过来也一样，人认不清自己，也就难以认清别人和世界；人对世界充满迷惑，对自身亦将充满迷惑。这是一个道理。

这样一来，作为医生的思考者就可能得出一系列诊断：所谓的“西方”并非实体而是一个观念，这个观念是一个更大的整体性观念的一部分，体现了持有“西方”观念的人对自身、他人及世界的一种相对性的认识和看法；那些关于西方如何、东方（或中国）如何的说辞体现的只是人对世界及自身的一种认识和看法而已。我们对“西方”的看法当超越它自身，亦需超越将它与“东方”或“中国”简单对立起来的看法，而将之放到一个更大的整体性运动的背景里去考察。

这整个过程实际上就是一种追溯：这个现象或观念是怎么来的，是从怎样一个整体性观念脱胎而出的，在这个整体性认识里它处于哪个位置、哪个环节，等等。

本书正缘起于这样的追溯愿望。1840年以来，我们一直站在岔路口上试图通过解读西方、解读自己而选取道路，其间的现象可谓多矣，最令人迷惑的莫如由“古、今、中、西”这几个因素排列组合而呈现的现象，如“西方—中国”“传统—现代”乃至“落后—进步”。其时的主流思路是为中国之“病”寻“药”，如康有为之慨叹：“天其或哀中国之病，而思有以药而寿之耶?”① 但所有这些现象并非单独出现，而是互成互为、成对地一起出现的。要理解现在的中国就要去理解与中国相关、相对的其他因素如西方、传统、现代等，正是这些因素的相互关联才形成了“现代中国”这个观念，所以，为了理解现在的中国就必须追根溯源。当今以学问为业的思考者正好比良医，需要在整体性背景下去进行思考，而非仅仅是“寻药”“抓药”的孤立之举。

这亦是我们从传统中可能学会的“识别”方法，亦即从整体性思维出发去认识自身及世界的方式。而为了获得这样的“识别”能力，我们首先要追溯的就是自身与各种传统之间的关系。

二

对于现代化进程中的人们而言，传统不再单一，并非仅仅单一地指我们自身的传统或西方现代传统，对传统的单一

---

① 康有为：《欧洲十一国游记》，钟叔河校点，湖南人民出版社1980年版，第2页。

化理解在历史上曾导致了种种偏见与冲突。所谓的“传统”在今天多重多样，除以上二者，还包括对西方古典传统以及从人类学这门学科出发对其他文明和传统的深入理解，当中至少包含以下三个层次。

首先，应是我们与自身文化传统的关系。作为现代中国人，我们应在理解及反思的基础上，在思维方式上与中国的儒道释传统重新接续起来。我们也可以将它放在人类学这门学科当中来思考，亦即反思在思维方式上中国人类学与中国传统文化之间可能或应当具有的关系，如费孝通先生所说：“为了答复中国文化特点是什么的问题，上下两代人要合作，因为要懂得中国文化的特点，必须回到历史里边去。我们这一代人中还要有人花工夫，把上一代人的东西继承下来。”①

其次，我们与传统之间的关系也包括了对西方文明的源头——古希腊和古希伯来为代表的西方古典传统的深入理解。长期以来由于时局政治的深刻影响，我们往往以一种割裂的方式，即将所谓的现代西方与其传统割裂开来理解，看到的

① 费孝通、李亦园：《从文化反思到人的自觉——两位人类学家的聚谈》，《战略与管理》1998 年第 6 期，第 111—112 页。在该文中谈到对“一国两制”的想法时，费孝通先生则论述道：“这里有文化在里边发生作用，中国文化骨子里边有这个东西。有一个中国文化的本质在里边，它可以把不同的东西合在一起，没有这样一个本质，那就不会有今天的中华民族和中国文化，也不会出来‘一国两制’。当然我们现在对中国文化这个本质还不能从理论说得很清楚，但是它确实是从中国人历来讲究的‘正心、诚意、修身、齐家、治国、平天下’里边出来的，这一点可以通过‘一国两制’的实现得到证明。我们中国文化里边有许多我们特有的东西，可以解决很多现实问题，可以解决很难的难题，现在的问题是我们怎样把这些特点表达出来，让大家懂得，变成一个普遍的信息，从中找到一个西方文化能接受的概念。这个工作很不容易做，但是不能不做。”

亦往往只是西方传统的片段，这显然是不够充分的。[①] 西方文明作为一个相对的整体，亦是一条自古而今的滔滔河流，其中自有各种渊源。我们要正确理解自身，就要深入地理解包括西方古典传统和现代传统在内的整体性的西方文明或文化，这是我们理解自身、理解“现代中国”的一个必不可少的阶段。

最后，在今天，我们与传统之间的关系还包含了人类学这门学科对其他文明和传统的深入理解。将“传统”理解为多重、多样、多元，并且对这多重多样的“传统”进行相关阐释，蕴含并体现了人类学这门学科在对“异文化”的研究当中获得的多样化成果和多样化眼光，这也是这门学科为人类认识自身做出的特殊贡献之一。

人类学这门现代学科在其发展过程中，通过对异文化的研究，不断加深对他人及异文化的认识，亦将之作为镜子反观自身，在不断的自我反省过程中逐步加深对自身及本文化的认识。在这双向的认识过程中，这门学科不断反省自己与他人之间、本文化与异文化之间的联系，并且通过对这一联系的反省而获得了充沛的批判能力，不断革新对人类及其文化的认识。从表面上看这是理论发展的进程，人类学的理论方法和研究范式在这一进程中不断发展。然而从其内在本质

① 这一点亦体现在人类学的学科实践中，此正如徐新建教授指出的，人类学在中国主要以进化论为根基，强调英美的科学实证倾向，而忽略了人类学自“两希”传统以来的哲学根底，因而呼吁回向“整体人类学”。参见徐新建《回向“整体人类学”》，《思想战线》2008 年第 2 期。

而言，这整个进程实际上展现了人类对自身认识的不断深化。对此，也可以举一个例子来看一看。

在晚近西方人类学最具批判力的作品中，马歇尔·萨林斯的作品可称为一支独特的标枪。在他较为晚近的作品里，从理论方法的表层来看，他是通过对文化符号体系——包括南太平洋岛“土著”文化和西方文化的不同符号体系——的建构与展示，来安排他的人类学批判与阐述的。① 将“文化”视为一种符号体系并非人类学的独特发明，亦非仅仅是不同学科理论方法交叉运用的产物，如认为是将符号学或结构主义方法运用于人类学的某种理论化论述，而是西方思想者在对现代化及现代性②的整体反思中获得的一种认识。这种认识正如萨林斯在其《甜蜜的悲哀》一书中的自述，是“将资本主义当成一个文化的体系来看待……它通过本土人类学的方法来探究有关人类存在的本土观念”③。这类认识蕴含于西方哲学对自身思维脉络的反省和批判中，对此我们可以从尼采、胡塞尔、海德格尔等前行者一路追踪至德里达、福柯与萨义德等后随者。尼采、胡塞尔、海德格尔等人正是在对西方思想的追溯过程中不断反思西方现代性构成的源流往

---

① 参见［美］马歇尔·萨林斯的相关著作：《甜蜜的悲哀》，王铭铭、胡宗泽译，生活·读书·新知三联书店2000年版；《“土著”如何思考——以库克船长为例》，张宏明译，上海人民出版社2003年版；《历史之岛》，蓝达居等译，上海人民出版社2003年版。

② 本书将“现代化”一词理解为历史性的时段和进程，“现代性”则指现代化的特征和属性。

③ ［美］马歇尔·萨林斯：《甜蜜的悲哀》，王铭铭、胡宗泽译，生活·读书·新知三联书店2000年版，第1页。

来——尼采追溯到了古希腊神话，胡塞尔通过现象学还原的方式追溯到了经验和心理形态之后的事物“本身”，海德格尔则追溯至古希腊柏拉图之前的哲学沉思者如巴门尼德。他们的追溯同时亦是一种与古代“传统”或事物“本质”的重新接续，并以此来重新理解现代病症。就此而言，福柯等人也是这条脉络中较为晚近及激进的旁支，因而对福柯等人的理解，也须将之置于西方思想史的整体脉络中才能获得更完整的认识。

正是在西方思想史整体性的批判思考之下，萨林斯在人类学这门学科范畴内通过对异文化和西方文化之不同宇宙观念的描画，指出了在人类学方法中浸透着源自犹太教—基督教传统的基本文化观念和思维形式。这一基本文化观念和思维形式与南太平洋岛“土著”的宇宙观——“土著”的文化观念和思维形式则是大相径庭的，进而抨击了由此导致的人类学方法论的偏差及由此引起的文化“误解”。萨林斯在整体性批判反思潮流下的人类学理论实践一方面展现为学科理论的持续性发展，另一方面亦表明了这门学科在自身发展过程中对人的认识的不断深化，如他对西方现代社会科学中起支配作用的一些观念形态的“考古学”① 式的追溯。他的追溯展示了西方现代重要文化观念形态的古老根源，他认为这一根源来自西方犹太教—基督教文化传统的宇宙观而且对西

① ［美］马歇尔·萨林斯：《甜蜜的悲哀》，王铭铭、胡宗泽译，生活·读书·新知三联书店2000年版，第2页。

方社会科学一直发生着支配作用，正是在这一令人难以察觉的支配作用之下，包括人类学在内的西方社会科学的理论方法本身就包含了种种“文化误解”的可能，由此从观念形态形成的角度揭示了西方现代性的困境。

萨林斯的人类学实践在追溯的同时展示了一种可能性，即如何就认识“人的认识”本身提供实证性依据。“文化”本源于人的认识及活动，其中的种种表现被人用各种名称标识加以规定和固化，这些固定化认识反过来又对人的认识发生影响，在其上又构成新的认识或名称标识并引起相应的活动。这是一个相互影响、连续不断的认识生成过程，对这一认识生成过程中的符号特征进行提取与认识的系统化结果则被称为“文化的符号象征体系”。文化的符号象征体系本是一个不断垒叠的动态过程，由于它的重重垒叠和不断变化，人们往往已看不清它的最初来源——现代人的认识误区往往在于被“符号”所制约①，这亦是现代性的一个重大症结。

“文化”是人类学的核心概念之一，萨林斯通过其人类学实践追查和揭示的正是作为一种认识“根源”的犹太教—基督教传统的宇宙观是如何塑造并制约西方现代社会科学的基本研究方法，包括作为现代社会科学之一的人类学②。萨

① 西方思想者就此所进行的批判可参阅麦克卢汉、鲍德里亚的作品，如［法］鲍德里亚《符号政治经济学批判》，夏莹译，南京大学出版社 2009 年版。

② 萨林斯将这一根源追溯到了圣奥古斯丁那里，在这一点上，与其思想前辈相比他追得并不算远。这种对西方重大观念形态的符号化过程的追溯，我们亦可参看西美尔、舍勒等人的阐述，如西美尔对“货币”的哲学阐释，参见［德］西美尔《货币哲学》，陈戎女等译，华夏出版社 2007 年版。

林斯的思考与实践体现了从人类学角度出发对不同“文化”与“传统”之根源的认识。

我们与传统之间的关系正包含了以上三点。对此，我们只有通过追溯才能获得较为整体和全面的思维方式与认识世界的方式，并于其间获得“识别”的能力。

由于传统的交叉与多重，我们与传统之间不再是一对一的简单关系，而是交叉互涉与多重多样的。对于这样交叉与多重的传统，我们就需重新理解。重新理解是“识别”的一种方式，也是某种意味上的“重新解释”，需要一个先于理解的框架，即对世界的整体性看法。对传统的重新理解需要将所有的相关因素放到一个整体性的理解体系当中，这是进行“理解”这项认识活动的必要前提。就本书而言，这个理解框架和体系即为中国传统当中本于对“自然”“道”的观察建立起来的整体性的价值体系，这一整体性的价值体系认为自然、生命运动不息并且总是在相对运动中趋于调和与平衡。“重新解释”的重点在于重新审视自身，以中国传统中基于对“自然”“道”的体察而建立的整体性价值体系作为解释框架，在此框架下将现今社会及其观念作为自然的相对运动之一段来理解，从而在自身内部进行某种意味上的创造性转换。

这就是追溯的结果，这个结果反过来又成了前提与基础。运动本就是相对的而非直线式的。本书正缘起于这样一种追溯的愿望，并体现为基于这种愿望而进行的尝试性的研究方向。

三

如今我们比前人更深地体会到，对西方古代传统与现代社会价值体系的深入理解绝非前人从晚清开始一直进行的那种片段性撷取所能成就，由此我们才须深入各传统之中。只有通过追溯，才能看清当今我们究竟处于哪个位置、哪个环节之内，才能理解我们在古今中西的岔路口上进行选择的可能性。而为了形成较为完整而深入的理解，我们须对西方现代文明价值体系的来源、发展和现状进行追根溯源式的研究，即从西方现代文明的可以追溯的源头开始，从古希腊、古希伯来、古罗马文化开始，去重新理解西方现代化的源头、发展和现状，从而为现今价值体系的重设寻找活水。然而，这是一个在单部论著中不可能完成的任务。因此，我们能做的是围绕“理性”“个体”“精神”“信仰”这几个概念，去追溯它们在其源头的出现及样态，希望通过这样的追溯去更深切地去理解我们今天对它们的认识可能出现了什么偏差并导致了怎样的病痛。

之所以选择这几个概念却非随便。西方文明在近代取得的独特成就表面上看是以科学技术为基础的物质上的力量和胜利（这正是自晚清以来我们的前人认为的），实际上是一种精神上的力量和胜利，即在理性的发展过程中将人作为个体独立出来并以理性和个体二者为基础改变世界的那种精神。

所以，我们不能孤立地去理解什么是现代化、现代性、西方现代文明或现代文化，当中的核心要素包括了理性、个体和精神等，对这些核心观念的理解则决定了我们对那些集成电路板式的观念形态的理解。

围绕这几个关键概念，本书由以下四个文本的阐释构成：其一是古希腊人索福克勒斯的俄狄浦斯系列剧；其二是圣经《旧约》之《约伯记》；其三是梁漱溟先生对“人生三路向”的论述；其四是发生在人类学内部的费孝通与利奇之论争。这四个文本虽然各个独立，在认识脉络上却足以相互支持、相互生发。

第一章通过对《俄狄浦斯王》系列剧的文本阐释，直接进入古希腊人对人的理性存在的理解之内。在古希腊人索福克勒斯的戏剧中——同时在其他古希腊戏剧诗人如埃斯库罗斯的作品中——对人的理性存在的理解与表现一直是一个重要命题，在这一命题中蕴含着发生在人的理性和神性之间的矛盾与冲突。俄狄浦斯的道路正是对作为个体的人的理性与神性之间那种特殊紧张的戏剧性表现，亦体现着古希腊人对这一持续性关系的深思。古希腊戏剧提供了一种观念上的比喻——当我们将人的理性、个体这些概念视为一些单独的、僵固的、边界分明的东西时，它们之间将充满悲剧性的冲突和矛盾；只有将它们返还于与神的关联时，它们才能在整全中获得它们最完整的内涵。

对于这一重要的与“整全”相关的“关联”，第二章则通过《圣经·旧约》之《约伯记》来加以阐明。正如俄狄浦斯的道路展现的那样，我们在约伯的道路中亦能清晰地看见，在古希伯来人的理解当中，人的理性、认识与神之间具有互成互为的关系，只有在这关系之中人的理性才可能成为认识与整全之关系需要的那种“智慧”。从“认识你自己”到“认识神”，从理性的自恃到对理性的自识，人经由这条道路自天堂跌落大地，亦将经由这条道路重新认识自身并与神“相遇”，理性为人类在大地上的存有以及最终的超越与返回构造出一条完完整整的道路。

对现时代而言，理性、个体与信仰在古今中西岔路口上发生的“相遇”是真正的相遇，理解世界就是要理解人自身，理解人的理性和心灵乃至精神的关系。由此，第三章则回到我们自身站立之处来梳理自身道路与世界的关系。借由梁漱溟先生在20世纪20年代关于“人生三路向”的论述，该章尝试探讨20世纪初期的中国知识分子在古今中西的岔路口上对人的物质性、精神性以及文化观念的理解。当梁漱溟敏锐而直接地洞察到西方现代社会由于高度理性化和结构化产生的诸多问题——包括社会问题、人的问题以及二者之间之异化问题时，他试图通过建设一种全新的儒家方式来解决，他的这一解决方案具有的前瞻性眼光对今天的我们亦有诸多启发。对于全球化的今天来说，他在其“人生三路向”说里展示的从物质到精神的发展道路不仅仅是对西方、中国或印度的分别阐述，而是真真切切地成了一条他预言的人类发展道路了。

第四章则接续上章带出的“何为中国原来的态度”的问题，从两位人类学家——费孝通和利奇的论辩出发对中西文化的“注释”性和“定义”性特征加以阐释。不同的文化特征造就了不同的文化格局及思维方式，即使中国早期人类学家曾采用了西方人类学的某些研究方法或理论模式，由于在对待这门学科的前在立场及思维模式上有着巨大差异，在学科实践上则走向了不同的方向。两位人类学家的学科实践的差异则提示了一种可能性的研究进向，即依循中国的“注释”传统进行的“重新解释”的活动有可能成为一种重新建立自身价值体系的研究手段和方法。

从俄狄浦斯到约伯的古老道路已充满后世看到的发生在理性、个体与信仰间的矛盾，这些矛盾一直埋藏在现代社会的脉络之下，常常以“现代冲突”尤其是“文化冲突”的名义重新爆发出来。对于这些以“文化冲突”的名义爆发出来的矛盾，本书第五章进行了阐释，即运用中国传统的整体性观念——相对、运动、调和与平衡，即“和”的观念——来解释“文化”观念及其中本然蕴含的诸种矛盾和冲突。

在这样的追溯性研究中我们采用的主要方法是文本细读，当中包含着将文学研究方法与人类学研究方法相结合的努力。作为一门交叉性学科，文学人类学体现了将文学研究方法和人类学研究方法结合起来、将多学科研究领域交叉起来进行探索的方向。① 四个文本分别联系着西方的古代传统、现代传统以及我们自身的传统，并进入对人类学作为一门关于“人”和“文化”的学科的理论与方法的探讨之中。这一方面是一种将自身与各交叉传统进行衔接的努力，而这显然是一个艰巨的任务，即使有相应的认识未必就能形成相应有效的实践，因此在另一方面，本书则必然体现为一种包含诸多不足的尝试。

本书脱胎于笔者的博士学位论文。感谢我的导师徐新建先生，先生广博的学术积累、坚定的学术信念、卓异的学术见解和深切的人文关怀一直是我最好的表率。

---

① 这一学科性努力与探索的成果集中性地体现在叶舒宪、徐新建、彭兆荣几位学者的研究当中。参见叶舒宪《文学与人类学——知识全球化时代的文学研究》（社会科学文献出版社 2003 年版）、《现代性危机与文化寻根》（山东教育出版社 2009 年版）；徐新建《全球语境与本土认同：比较文学与族群研究》（巴蜀书社 2008 年版）、《从文学到人类学——关于民族志和写文化的答问》[《北方民族大学学报》（哲学社会科学版）2009 年第 1 期]、《文学人类学：中西交流中的兼容与发展》（《思想战线》2001 年第 4 期）；彭兆荣《人类学仪式的理论与实践》（民族出版社 2007 年版）。

目　录

第一章

理性与个体：《俄狄浦斯王》

对人之理性的理解和批评，在西方文明的曙光期即已出现，而且是以那种强烈的戏剧方式出现。

苏格拉底和索福克勒斯可谓生活在同一时代的希腊人，一个因为莫须有的“理性罪”被判处死刑，另一个则专注于人的行动在舞台上的进程，同样包含了理性的命题，并用这个命题展开了著名的系列悲剧，即俄狄浦斯王的故事。

对俄狄浦斯故事的理解可谓无穷无尽。人们把目光投向西方文明源头之一的古希腊并专注于戏剧呈现的人的命运，既是为了理解历史中的人类，亦欲以此观测自身的可能进向。这些无穷无尽的理解不在本质上涉及真实或虚假，却反映出进行阐释的人及其时代的状况。下文所述正是从这样一个前提出发，从我们这个时代特别关注人的理性存在、个体存在这一前提因素出发去理解索福克勒斯的俄狄浦斯王的故事。

第一节　差异与辨识：二次解谜

在索福克勒斯的《俄狄浦斯王》一剧[①]中，关于人的谜语只有一个，解谜的过程则分为二。俄狄浦斯轻而易举地解

---

① 以下对索福克勒斯的《俄狄浦斯王》《安提戈涅》和《俄狄浦斯在科罗诺斯》三剧的引文皆出自罗念生先生的中译，三剧均见《罗念生全集》第二卷，上海人民出版社2004年版。因对三剧的引用较多，引文将随正文标示其在《罗念生全集》第二卷中的相应页码。

俄狄浦斯的故事梗概：忒拜城国王拉伊俄斯曾拐带珀罗普斯的儿子，这孩子一离家就自杀了，珀罗普斯因此诅咒拉伊俄斯不得好报，宙斯听了他的诅咒；这诅咒世代相传，成为拉伊俄斯一家人灾难的根源。这是故事发生的背景，也是俄狄浦斯全部灾祸的缘由，他的命运是宙斯注定的。拉伊俄斯因为没有儿子，到得尔福去问阿波罗，阿波罗答应给他一个儿子，但预言他会死在那儿子手中。后来他妻子伊俄卡斯忒果然生了一个儿子，三天后他们就把他丢在喀泰戎山上，婴儿的足部钉上了一颗钉子，这样即使这残废的婴儿被人发现，那人也不至于收养他。这孩子后来因此得名"俄狄浦斯"，本意是"脚肿"。伊俄卡斯忒把孩子交给一个仆人去丢弃。仆人在喀泰戎山上放牧时认识了另一个牧人——科任托斯国王波吕玻斯的佣人。仆人把孩子交给这位科任托斯牧人，后者把孩子带回了科任托斯。当时国王波吕玻斯和王后没有子嗣，就收养了这个弃婴，科任托斯人都奉他为太子。一次宴会上，有位客人酒醉后说俄狄浦斯并不是国王的亲生，太子去问阿波罗，阿波罗没有指明他父母是谁，却说他会弑父娶母。为避免这个可怕命运，俄狄浦斯没有回科任托斯，而往东方走去。在福喀斯境内的三岔路口上，俄狄浦斯碰到拉伊俄斯和随从并起口角，俄狄浦斯杀死了拉伊俄斯和他的三个随从，第四个随从（当年被拉伊俄斯派去抛弃婴儿的那个牧人）逃回忒拜城去，说是一群强盗杀害了他们。此后，天后赫拉派了一个狮身人面的女妖来扰害忒拜城，妖兽坐在城外的山上传诵一道谜语，回答不出来的人都被它处死了。俄狄浦斯跑来道破了这谜语，他说是"人"。妖怪便坠崖自杀了。忒拜城人民感恩，把王位献给了这位救星，同时拉伊俄斯的寡后伊俄卡斯忒也嫁给了他，后生育了二男二女。

本剧开场时，忒拜城发生瘟疫，阿波罗神说要把杀害前王的凶手找出来，瘟疫才能停止。城里的先知忒瑞西阿斯指出凶手就是俄狄浦斯。王后告诉俄狄浦斯，前夫是在一个三岔路口被一群强盗杀死的，俄狄浦斯开始怀疑前王是他自己杀死的。后来那个牧人承认婴儿时的俄狄浦斯就是王后交给他的那个婴儿，于是真相大白。

以上梗概参见《罗念生全集》第二卷第392、401、421、547页的相关注解。

开了斯芬克司关于“人”的谜语，但他自身包含的那一关于“人”的谜语，直到最后他才解开。第一次解谜在剧的开头即已完成，因为解开了这个谜语，俄狄浦斯当上了忒拜城的国王，而他命运展开的过程则成了第二次解谜，并最终推翻了第一次所解在存在意义上的假象。观众在舞台上看到的，正是这样交错的二次解谜过程。

人是什么？妖怪斯芬克司以谜语的方式提出这个问题。它问：什么东西早晨四脚走，白天两脚走，夜里三脚走？[①]

谜语以比喻的方式列出若干与人相关的特征，让人把思考的目光转向人。关键之处就在这个含混的“转向”。人的目光恒常投向于外，与外在世界相触，引发人对外在世界的意识与思考；这个谜语把“人”客观化，把人作为外在世界的一个构成因素，却排除了自身在其中的关涉度。将人客观化这一举动呈现出人特有的自我意识和理性意识之间的交混与分离。

人的理性对对象所做的首要之事就是把它分类。这个谜语也包含着对人的属性的一种归类，重点是“脚”。“脚”是人身体的支撑，因幼年双脚踵被钉在一起而致残，“俄狄浦斯”这个名字的意思是“脚肿”（《俄狄浦斯王》，以下简称《王》，第373、421页）。俄狄浦斯是个拄着拐杖的跛子。这

① ［德］黑格尔：《历史哲学》，王造时译，上海书店出版社2006年版，第203页。《俄狄浦斯王》剧中俄狄浦斯上场时已完成猜谜当上了国王，因而并未直接说明谜语为何。该谜语源出古老，有多个相似版本，黑格尔在该处引用的是古埃及人的说法。

个人的名字既是他的身体特征也是他的立足点，而后我们也将看到，这个人的名字和身体特征，与他的身份、身世以及命运——他的比喻意义上的在世的“立足点”——惊人地重合一致。

其他解谜人都猜错了，都被妖怪杀死，唯独俄狄浦斯解开了这个谜语；黑格尔说，俄狄浦斯给的谜底是“人”①。“人”这个谜底指出的是一个关于人的共相，这个共相并不指涉具体的人，然而谜面和谜底的差错就在这里：共相里的“人”幼年时四足爬地，成年时两足直立，老年时体弱拄杖而成“三足”，但俄狄浦斯这个具体的人，这个正当壮年的人，因幼年致残而一直拄着拐杖，未曾“两足”即成“三足”②。然而这个与自身相异的差错并未妨碍俄狄浦斯将“人”视为一个普遍的共相，却排除了自身在“人”的共相内的关涉度；他的理性将自身排除在外。谜语模糊了人的具体差异，而指认了一种概念性的同一；从多个个相抽象归纳出一个共相，正是人的理性的特殊功能。俄狄浦斯与其他猜谜人相异的正是他的理性能力——他自夸的

---

① ［德］黑格尔：《历史哲学》，王造时译，上海书店出版社 2006 年版，第 203 页。《俄狄浦斯王》剧中俄狄浦斯上场时已完成猜谜当上了国王，因而并未直接说明谜语为何。该谜语源出古老，有多个相似版本，黑格尔在该处引用的是古埃及人的说法。

② 参见 Seth Benardete，“Sophocles’ Oedipus Tyrannus”［1964］，辑于其文集 *The Argument of the Action*，the University of Chicago Press，2000，pp. 71 – 83。中译文见［美］伯纳德特：《索福克勒斯的〈俄狄浦斯王〉》，刘小枫、陈少明主编《索福克勒斯与雅典启蒙》，华夏出版社 2007 年版。伯纳德特从政治哲学角度对《俄狄浦斯王》一剧的阐释发人深省，其对剧中数字“三”的阐释尤其独到深刻，如“三足”（中译本第 139 页），“三岔路口”“三位一体”。

“知识”。他的理性能力、他的知识产生一种特殊的遮蔽作用，令他无法意识到自身的具体存在恰是对答案的模糊否定。

就这一角度而言，整部戏剧正是从谜语的差错处展开。俄狄浦斯追溯自身命运的过程，是一个在共相里重新辨别个体差异的过程，也是一个完整的理性运作过程；到头来，他的理性和知识发现必须把具体的人、具体的自身纳入其中，以完成诸神教诲的“认识你自己”这一要务。

俄狄浦斯能够猜中谜语却忽略了其间隐含的差错，同时源于他对自身缺陷的察与不察。有缺陷的脚让他始终注意关于“脚”的事实，这一察觉也许是他能够解开这个关于“脚”的谜语的关键，但他却未把这关键点与自身的脚联系起来，反而把它与自己的头脑——自己的知识和理性联系起来，以为这“猜中”是纯粹的大脑运算而非源自身体经验，而常夸耀自己的头脑和知识超过先知的“鸟语”：“直到我无知无识的俄狄浦斯来了，不懂得鸟语，只凭智慧就破了那谜语，征服了它。”（《王》，第356页）他的“不察”恰好体现了理性无知的一面：他的理性令他忽略具体身体和具体经验，而对仿佛抽象、透明、公共的“共相”分外关注。谜中包含的关于“人”的共相和个相之间的差错存在于他自身当中，他的察与不察正是这差错的体现。

具体的个人也存在着共相和个相之别。俄狄浦斯似乎纯然无私，似乎有一种彻底的“公共性”[①]。理性的特点之一就是追求一种普遍和透明的“公共性”。俄狄浦斯理直气壮地以自己指代城邦，是一种在政治、伦理和道德意义上的自我确认，确认自己的无私性、公共性能够与“城邦”这个集合名词——关于人的另一个共相——相合。他是一个“外邦人”，超然于本地的宗派利益之上；他去解谜出于无私；他的王位来自城民的馈赠[②]。他自认为是一个公共的总和而非一个具体，这一“公共”和“无私”以及替代性“总和”在其言辞中常有略带炫耀而并非完全自知的表露，他仿佛习惯性地说，“你们每人只为自己悲哀，不为旁人；我的悲痛却同时是为城邦、为自己，也为你们”。(《王》，第 348 页）或者说，“我是为大家担忧，不单为我自己”。(《王》，第 349 页）

在戏剧的开始，俄狄浦斯已然展现其公共性，他似乎不打算具备个人性，然而随着戏剧的行进，观众渐渐看到这种公共人的虚假成分——俄狄浦斯以自己指代城邦，但正是他给城邦带来瘟疫，导致了城邦最大的灾难。他自己——作为个人的自己，而非那个指代城邦的公共人——恰是隐藏在“城邦”这个集合概念里的那粒染污的种子，如克瑞翁所说，“福玻斯王分明是叫我们把藏在这里的污染清除出去，别让

---

① ［美］伯纳德特：《索福克勒斯的〈俄狄浦斯王〉》，刘小枫、陈少明主编《索福克勒斯与雅典启蒙》，华夏出版社 2007 年版，第 141 页。

② 同上书，第 142 页。

它留下来，害得我们无从得救”。(《王》，第 349 页）人的共相成分构成虚假而相对安全的表象，遮掩了他作为一个具体的人的经验事实，正如同谜底“人”遮盖了俄狄浦斯自己的殊异之相。

将人与脚的关系的一般特征提取出来——两足、三足、四足——并形成一个共相，类同于理性对概念的提取过程。概念或共相的提取过程内在地包含了矛盾。斯芬克斯的谜语从不同的具体的人中提取某种特征，从多个个相提取一个共相，其中必然包含捉襟见肘的矛盾。解谜的人，那个“脚肿”的俄狄浦斯，却误把共相的同一性据为己有，他的命运也因此构成一个谜，这个谜的重点也是“脚”。而他与神谕相属的命运就是将共相中包含的虚假的同一性指认并剔除，从而将自身重新确认为一个具体的人——这正是俄狄浦斯的二次解谜过程，也是他的命运展开过程。

如同其他试图把共相据为己有的公共人，俄狄浦斯身上包含了他意想不到的多重混杂。俄狄浦斯出场时拄着一根拐杖，拐杖既是体弱的支撑，是他在三岔路口弑父的凶器(《王》，第 367 页)，也是国王地位的尊贵象征①；拐杖混杂着虚弱和力量、卑微和尊贵、体面和暴力。实际上他所有的一切都是矛盾的混杂体：王宫里的那个女人既是他的妻子也是

① ［美］伯纳德特：《索福克勒斯的〈俄狄浦斯王〉》，刘小枫、陈少明主编《索福克勒斯与雅典启蒙》，华夏出版社 2007 年版，第 139 页。

他的母亲，那四个孩子既是他的儿女也是他的兄妹，他既是外邦的王子也是本地的土著，既是尊贵的君主也是弑君乱伦的僭主，既是忒拜城的救星也是忒拜城灾难的根源。他是所有这些混杂和矛盾的集合体，一个巨大而透明的秘密。剧情的展开即围绕着对这些混杂矛盾的识别与辨明。到了剧末，因为“脚”这个特殊的身体特征，俄狄浦斯被牧人确认为正是当年被抛弃到喀泰戎山上的那个婴儿，他的身世、身份以及被神所预言的那一命运因此大白于天下。识别及辨明的过程构成整出戏最惊心动魄的部分，引发出观众的“恐惧和怜悯之情”①。

然而，命运中最复杂的差异和矛盾一旦被自身所明确认知，常转化为单纯而真实的同一。真相大白之后如果人们追问“俄狄浦斯是谁”或“人是什么”，现在的俄狄浦斯却可以回答“什么都是”——丈夫、父亲、儿子、陌生人、本地人、国王、僭主、凶手、救星，也可以回答“什么都不是”。他不再据有一个虚假的共相，他是一个包含差异的具体的人，并由此得以重新回到一个具体的人的本质之内。在这个意义上，在经过了完整的理性运作之后，俄狄浦斯最终推翻了人的共相在存在意义上的虚假，最终完成了对“人”之谜的二次解答。

---

①［古希腊］亚里士多德：《诗学》，陈中梅译，商务印书馆 1996 年版，第 105 页。

第二节　理性及其立足点

一　三岔路口

“认识你自己”，德尔斐的阿波罗神殿上的这句铭文既是神谕，也可说是威胁和咒语，这构成了雅典内在的受难形式，亦构成了现代人最主要的内在受难形式，如今我们只能通过追溯到其悲剧的源头以看清自身的命运。从《俄狄浦斯王》到《俄狄浦斯在科罗诺斯》，雅典人索福克勒斯的两种悲剧为俄狄浦斯铺设的正是一条贯穿着“认识你自己”之诫命的特殊道路①。

对自身的理性能力——人区别于他物的特有能力，人类一直深怀疑虑和恐惧。在犹太人记载的知识之果或智慧之果的故事中，人的知识或智慧与“死”和“罪”直接关联，人的理性带着罪的胎记。在俄狄浦斯身上亦交织着知识、理性

① 施密特（Jochen Schmidt）阐释道，索福克勒斯把德尔斐－阿波罗的命令“认识你自己”放进剧中，让俄狄浦斯卷进一场认识过程中去，这一认识过程的终点就是自我认识。参见［德］施密特《对古老宗教启蒙的失败：〈俄狄浦斯王〉》，刘小枫、陈少明主编《索福克勒斯与雅典启蒙》，华夏出版社 2007 年版，第 17 页。

与命运的对抗性主题，观众看到，知识、理性是个体能知并引以为傲的，却将之引向了他不能知，由神和神命规定了的命运。人类也许正如俄狄浦斯一般，一直碰到诸条“岔道”。

在俄狄浦斯命运之途的诸条岔道中最错综的即为福喀斯境内的那个“岔路”，正是在这个岔路上俄狄浦斯杀死了自己的父亲、忒拜城的老国王拉伊俄斯，阿波罗对拉伊俄斯所示的弑父预言得以实现。但需深究的是，俄狄浦斯自己处于岔路中的哪一个位置？俄狄浦斯记得那是一个“三岔路口”(《王》，第367、383页)，而他的母亲和妻子伊俄卡斯忒则称那是“两条岔路”(《王》，第365页)。

一个人从一条路上走来，碰着另两条岔路，那是“两条岔路”；一个人置身事外，譬如在地图上观看时，所看到的则是“三岔路口”。行动时看到“二”，静观时则看到“三”①。尽管事发自内，俄狄浦斯却置身在外“观看”：知识和理性有其“客观”的野心，将这人变成一个外在于己的观察者。地图正是理性和抽象的结果，是纯粹“客观”的产物。

行动的、实践的人置身事内，面对的是“二”，他据有自身的立足点和行动点；“客观”的人在外观看，从而失去了其在实在中的位置，他在自身的道路上并没有立足点。所以俄狄浦斯会说“我走近三岔路口的时候”(《王》，第367

① 参见［美］伯纳德特《索福克勒斯的〈俄狄浦斯王〉》，刘小枫、陈少明主编《索福克勒斯与雅典启蒙》，华夏出版社2007年版，第150页。

页)，他亲自剥夺了自己存在的立足点尚不自知。知识和理性足以造设出某种自由之像，这自由本没有实在的落脚之处，唯能倚靠于人的“客观”理性。

因为破解了斯芬克斯之谜，消除了城邦的外患，俄狄浦斯被迎为忒拜城的君主，娶了自己的母亲，生下乱伦的儿女；他却由此成为城邦的最大内患，城邦受到瘟疫的威胁。正是在“内”“外”的差错之间，“两足”等同了“三足”，“两条岔路”变成了“三岔路口”，然而亦恰在这“内”“外”的狭小罅隙间，俄狄浦斯才真正站在了自身命运必须由自己揭示、认识的开端。在命运的岔路上，他必须重新找到自己存在的立足点。

“一总不等于许多”(《王》，第368页)[①]，在命运即将被揭示的转折点上，俄狄浦斯恐惧地期盼道。他终于发觉了这个关键的“一”——这个“自己”。

俄狄浦斯曾以为自己是个透明的“多”，或者说他这个“一”——这个实际上无家可归、四处漂泊的弃儿——始终希望驻足于共相式的“多”：“我是为大家担忧，不单为我自己”(《王》，第349页)。没有立足点的、在外观看的俄狄浦斯何以能够驻足于“多”？含混的“多”仿佛足以构成一个明晰的起源，城邦这个名词将集合指认为一个特殊的“单

① 城邦内传说杀死老王拉伊俄斯的是“一伙强盗”，因此当俄狄浦斯发觉自己当初在岔路口杀死的那人可能是拉伊俄斯时，他希望“一不等于许多”，那么老王便不是被自己杀死而是被“一伙强盗”杀死的了。

一”——一个城邦，由此构成一个虚的共相，个人绑缚于共相上并使其自身虚假地透明化，个人才得以在虚相的集合体里得以暂时驻足。然而，俄狄浦斯命运的进展粉碎了这种“个人—集合体”之间的虚假倚靠。

俄狄浦斯在其命运的揭示过程中显现为一粒染污与杂混的种子。他的在世关系不具有纯洁性，他是被染污的共相与个相的含混集合，“罪”的含混集合。对这粒种子，城邦无法作为澄净剂来使其得到净化，“城邦”的虚相不具备这个能力。个人试图依靠共相来净化其生命是一种幻想。

“罪”必须由个人来承担，从罪中净化也必须由个人来完成。俄狄浦斯命运的展开，是将自己作为“一”从混杂的“多”中辨识出来的过程，是将自己作为“个体”从虚相中剥离出来并最终确立的过程，也是个体通过理性完成自身的净化的过程。在这一过程中，共相、个相的虚假以及这些虚假对个体的“染污”亦将被识别、被揭示、被去除。

将“一”从“多”中剥离出来并令人自识，既是一条理性辨识的道路，亦是一个人在理性的基础上将自身确立为“个体”的道路。在索福克勒斯的安排下，这构成了“认识你自己”的神谕所指示的命运与道路，同时亦构成威胁。俄狄浦斯在其自识的道路中犯的最大过错便是“不识”，因“多”而不识“一”，但是反过来，对“一”的自识常常也正是对“多”的不识。人的认识过程树立起种种边界，边界能够加深认识亦将阻碍认识，神给人指示的道路就是这样一

条看似自相矛盾、人依靠自身无法解决的悖论性道路。

不识既是不知，也是无知；“认识自己”的终点是承认自己一无所知，这构成了俄狄浦斯命运的盘错之处，其中最为后人诟病的则是俄狄浦斯那“自以为知”的自勇。在希腊悲剧里，对“知”的自勇总与“无知”相连，人的理性总是显得那样破绽百出、矛盾重重。苏格拉底可谓大知，即使大知，仍旧是人的“有知”的自勇，是自识也是“知我一无所知”的自勇，所以苏格拉底惑于自己是否是最有智慧的人、是否无知，与此同时这“有知”的自勇则令苏格拉底不惮于赴死。而在后世之人看来，这自勇仍旧属于希腊悲剧的范畴，因为苏格拉底与俄狄浦斯正相仿佛，也正走在那“认识你自己”的同一条道路上，走在忒拜城外与城内的崎岖岔路上，也正在“知”与“无知”之间欲图破解斯芬克司的人之谜。

因而，是希腊诸神教会了人们如何走在自身为“一”的多岔路途上，同样，是希腊的启蒙理性教会了人们识得“一”：“一”不是“多”，“一”是“数的起点和各级可知事物的开端”①。“一”确定了后世的理性之路，也开启了后面以及后世的所有岔道。现代意义的“个体”观念并非仅指“单个”，其包含的内容建立在理性对差异的辨识之上，也是将之用以确认自身的结果——“个体”观念同时包含理性、差异和边界。这份自雅典而来的珍贵遗产涵盖着共相与个相

---

① ［古希腊］亚里士多德：《形而上学》，吴寿彭译，商务印书馆 1981 年版，1016b 11－21。

间的种种差异和差错，涵盖着俄狄浦斯的一次和二次解谜过程，涵盖着他那可见与不可见的命运，而所有这些亦真真切切地构成了作为“个体”的现代人的内在受难形式。

二 可见与不可见的

将“个体”视为社会结构的基本单元，强调“个体”的特殊性及对自身行为后果的承担，构成现代社会关于人的最牢固的社会理想之一①，其间，社会个体与理性的关系则备受强调。在古希腊戏剧中我们亦得以看到这一社会理想的源头。

“认识你自己”，神启的力量在于暗示，人在行动中去实践暗示并接近启示。神及神命绝非观照的对象，而是这个人——这个个体在其生命世界中的行动。正是在不停追溯命运的行动中，人的理性得以发展，差异得以辨识，自我的边界得以确立，个体得以成形并驻足。

---

① 现代意义的“个体”或说“个人”的观念，无论是从社会角色和社会功能的角度去进行强调，还是从精神意涵去进行对抗性强调从而认为个人必须超越他的社会角色和功能而获取个人自身的特殊性，其前提都是将人强调为一个单位性的“个人”。与这个意思相对应的英文词汇“individual”则有着词义上的演变过程。Individual 一词源自 6 世纪的拉丁词 individuus 及中世纪时的 individualis，意思是“不可分割的”。在中世纪神学论述中，individualis 与 individual 这两个词指的是“实质上的不可分割性”，尤其在讨论到有关“三位一体”（Trinity）的整体性时；这种意涵的普遍用法持续到 17 世纪。而该词的现代意涵则是从 17 世纪以来的词义演变历史中才逐渐改变并确定下来。该词词义演变史参见［英］雷蒙·威廉斯《关键词：文化与社会的词汇》（刘建基译，生活·读书·新知三联书店 2005 年版，第 231—236 页）及《牛津英语词源字典》（*The Oxford Dictionary of English Etymology*，New York：Oxford University Press，1982）相关词条。

如我们在俄狄浦斯的命运中所见，人用以理解世界和确定自身的特定方式是他的理性，理性是个体成形的基础，也是个体自我意识的根基。一个人要恰当地理解世界和自己，就要成为他自己，就要以特定方式确定自己的边界，就要否认并排除其他的方式。“个体”在本质上是一个关于差异的集合、辨识与分立，而辨识差异与确立边界的过程已然将“多元”和“多样”包容在内，并将之作为了实现这一过程的前提。因而在个体的所谓“自由”和“选择”当中，宽广度与局限性必然同时存在。“自由”与“多元”“多样”相关联，“选择”则是这一过程的派生之物和应有之义，在与行动的伦理属性的相互制约下成为“个体”的特殊功能。

这样一来，对于俄狄浦斯最终命运转折的发生，理性的转化则必不可少。正是在这一特殊的理性转化过程中——不仅发生在俄狄浦斯的命运进程里，或将发生在现代人与之相仿佛的命运进程里——“眼睛”就具有了特殊的暗示意味。

俄狄浦斯质问忒拜城的盲先知忒瑞西阿斯为何解不开斯芬克斯的谜语（《王》，第356页），可见的与可知的，不可见的与不可知的在质问中交叉并行。俄狄浦斯引其所见所知为傲，不知何为理性的痼疾——他只能见当下之所见，而不能见当下所不能见，“有眼也看不见”自己的灾难（《王》，第357页）。俄狄浦斯曾严厉地发出命令与诅咒，希望追缉到杀害拉伊俄斯的凶手，消除忒拜城的灾难（《王》，第352页）。作为该剧最严酷的一面，他针对“凶手”发出的每一句诅咒、每一道命令，都像利剑一样刺返其身，一一应验。人的理性和知识出于人自身，归宿也正落在人自身，超不出人的经验范围。

盲先知对世界的知解不源于他的感官分辨，他懂得人凭其感官分辨所得之“知识”的软弱无力，他对人的理解不包括谜面里那些似是而非的差异。先知位于神人之间无边界处，他的存在因其感官分辨的不在场——他的“盲”——而成了非物质性的，难以被视为现代意义的那种“个体”。他是神人之间得以畅通的桥梁，“中空”的精神通道。

俄狄浦斯弄瞎自己的双眼并非仅仅是表面意义上的肉体自惩。“可视”既是感官能力亦是理性能力，通过否决这一自恃之能力，这个个体与世界的关系得以发生转化，得以从外在的可见世界退回到内在的不可见世界中，从外在世界的虚相退回到本质之内。他的世界因“看不见”反而得以扩大，从而进入那不可见的；其理性最终转化于与不可见世界之关联的重建。这一重建或者说返回需要“神的目光”而非一己的理性短视，所以科罗诺斯的俄狄浦斯不再以自己的名义而是以“众神的名义”（《俄狄浦斯在科罗诺斯》，以下简称《科》，第 502 页）向人们恳求。

索福克勒斯通过系列剧形式将这一理性的转化表达得清晰明确。《俄狄浦斯在科罗诺斯》一剧中，流浪多年的俄狄浦斯最终来到通往冥界和诸神的铜门槛处，“他走到那陡峭的有铜阶通往地下的门槛前面，那里有许多岔道，他停留在其中一条上。”（《科》，第 540 页）尽管仍有“许多岔道”，

他不再需要一一辨识，而只需停留在“其中一条”上。这里是世界的外在与内在、人的外在与内在、人与诸神的边界，人的理性在此处抵达了终点。

因而，“认识你自己”的神谕并非止于分出岔路与迷途。将人作为个体的“一”从世界中剥离出来，是为了让人以另一种方式去识得那个真正的“一”——那个整全。在多岔的路途上，行至此时，俄狄浦斯才真正得以用另一双眼睛看见了他必须看见的，真正得以脱离所有边界，亦真正获得了“一”的身份而重新被“全”所容纳。

就这样，在据说曾任过古希腊医神祭司[①]的雅典戏剧诗人索福克勒斯笔下，人的个体性及其理性经过一条曲折而完整的道路到达了终点。

第三节　边界和道路

一　认识与边界

人的理性与认识的开端依靠边界的形成。没有边界，无所谓深入的认识，而边界也将阻碍认识，这正是理性边

① William Scott Ferguson and Arthur Darby Nock, “The Attic Orgeones and the Cult of Heroes”, *The Harvard Theological Review*, Vol. 37, No. 2, 1944, p. 90.

界的双层。

俄狄浦斯本身不具备暗示性，他所有的秘密和提示都明明白白地显现着，等待着人们——包括他自己——对之加以辨识。正是在这个意义上而非“公共人”的意味上，他是一个真正的“透明人”。他的名字“俄狄浦斯”——“脚肿”——基于他的脚亦基于他的身体缺陷，他引以为傲的知识和理性之基础——猜破斯芬克司之谜——基于他的身体亦基于他的名字；他的身世真相写在他的身体和名字上因而并不稍带隐晦。他站在那里拄着拐杖，既是真相的表层也是真相的里层，既是问题也是回答，既是谜面也是解谜之钥匙乃至谜底。在他身上本无所谓差异和边界，他是所有那些隐含着的、待识别的差异和边界的总和，一个存在的混沌。

破开这无边界之莽莽混沌的正是他的理性认识。在俄狄浦斯整个预定性的命运中无所谓“最初”发生的转折，无论是他逃离故土科任托斯或是在三岔路口无意弑父，与他的出生和被抛弃一样都属命中注定，都是神的“安排”。但是，当他试图逃离科任托斯之时，却是他以一整个具有自我理性意识的人出现的开始——这个人企图凭借自身的理性力量逃避神谕。然而将这一“事件”视为俄狄浦斯以自我对抗神命还太简单了些，这并非意味着俄狄浦斯一开始就以僭神的面目出现，恰恰相反，正因他对神谕的尊重和恐惧才导致流亡他乡。在这一事件里，同样有一个类似于伊甸园里的蛇的声音在悄悄地说“你不一定会死”——“你不一定会杀父娶

母”；正如同蛇的说辞，在这“不一定”之后同样包含着“如神一般知善恶”的期许，只不过“知善恶”直接换为了“智慧”，之后则在凭智慧“道破谜语”中达到人自恃的顶峰。因而这一逃亡事件既是对抗更是诱惑，它包含了人对知识和理性的向往，与此同时，正如下文将分析的，它亦包含着人对拥有知识和理性的恐惧。知识和理性的诱惑、期许和随之本具的恐惧也正是俄狄浦斯流宕命运的展开、从“天堂”失落的根源。

由于俄狄浦斯对一己理性的严格倚靠，他成为自身秘密最凌厉的捕快，自身中存在的巨大差异被一一辨识出来，“要发生就发生吧！即使我的出身卑贱，我也要弄清楚……我认为我是仁慈的幸运宠儿，不至于受辱……我一定要追问我的血统”。(《王》，第375页）“不一定”和“如神一般”的“智慧”蕴含的巨大诱惑和巨大恐惧是双重的动力，推动他撕开自身命运的面纱，逼视自己在命运中的破碎身影。

这个辨识的过程，这个理性的过程，亦是边界一一形成的过程。每一种差异的被识别就形成了一道边界。因为差异的被识别，才有了概念，才有了内与外、表与里或善与恶这一道道边界，俄狄浦斯才逐渐被识别为一个娶了母亲的丈夫、一个生了兄弟的父亲、一个来自外邦的土著、一个仁慈的僭主、一个带来灾难的救星——所有这些被识别的内容都包含着种种边界和差异。每个“一”，每种单个身份或复杂身份都是一个盛装认识的容器与边界，在每一边界内部、每一单个或复杂身份的内部，俄狄浦斯命运的“真相”都令人战栗和恐惧。当人的“认识”深入边界的最深处时所看到的就是如此的战栗和恐惧。

《俄狄浦斯王》一剧中，俄狄浦斯的命运是一个揭示差异的过程，一个确定边界的过程，也是一个被毁灭的过程。认识的尽头是对毁灭的认识，差异和边界俨然如墙；俄狄浦斯终将发现其自傲的理性在神命前不值一提，正如剧末处歌队长所唱：

> 请看，这就是俄狄浦斯，他道破了那著名的谜语，成为最伟大的人；哪一位公民不曾带着羡慕的眼光注视他的好运？他现在却落到可怕的灾难的波浪中了！因此，当我们等着瞧那最末的日子的时候，不要说一个凡人是幸福的，在他还没有跨过生命的界限，还没有得到痛苦的解脱之前。(《王》，第 387 页)

在这里，战栗和恐惧仿佛压倒并否定了人的理性存在。如果仅仅这样，如果仅仅如此，人是否应当并且仅当顺从神命？在这里，人的理性仿佛蹒跚来到自设之死墙前，正以头“笃笃”叩墙——但是，我们必须追问，何谓“最末的日子”“生命的界限”以及如何“得到痛苦的解脱”？

一种简单的理解是死亡。死亡仿佛正是生命的界限，是人生痛苦的被动消灭和被动解脱。然而实际上索福克勒斯在此剧中并未给出明确回答，他让俄狄浦斯自刺双眼坠入黑暗，

而非简单地赐予他死亡。直到十来年后，在他的晚年，索福克勒斯才在《俄狄浦斯在科罗诺斯》一剧中继续说明他想说的“界限”以及“解脱”的含义。

目盲的俄狄浦斯在大地上漂流多年之后最终来到雅典城外的科罗诺斯，他命中注定的安息之地。面对歌队的追问，俄狄浦斯恳言道：“别问我是什么人，别追问我。”（《科》，第500页）他申言自己是受害者，而非害人者，令他们害怕的是他的名字，是他的母亲和父亲的故事，而非他这个人——对这些，“我知道得很清楚”（《科》，第502页）。

此时的俄狄浦斯试图将自己身上被辨识出来的差异一一消除：他的名字和他这个人，害人者和受害者，他父母的故事和他自己的故事，他的知与不知——他的理性最终发觉自身并非止于这些差异和界限。此时的他自持的人之本质不是他的名字，不是他的故事，不是那些差异，不是那些差异内的对立、冲突和善恶；他并非“旧日的那个人”（《科》，第498页）。他旧日获得的作为人的一切形式恰是他以自身理性进行追溯的结果，而这一理性亦终将转化为他得以解脱的原因。

俄狄浦斯并非是在空荡荡的、毫无依靠的虚空中回复到了其本质之内。俄狄浦斯已清楚知道，人界之中一定会存在差异，差异是人界的根本、“有”的俨然如墙；所以他并非以人的名义或自己的名义，而以“众神的名义”向人们恳求。只有在神那里，所有差异才会被最终抹平：神的目光注视着所有人。该剧末尾，俄狄浦斯站在人间的最后一道边界——铜门槛处，这里是世界的外在与内在，人的外在与内在、人与诸神的边界，既是无界之广大，亦是一切之合一。正是在这里，俄狄浦斯最终离开了所有的边界。

也正是在这个意义上，我们说，索福克勒斯的俄狄浦斯最终跨过了生命的界限，并从痛苦中得到解脱。人的理性经过一条完完整整的道路到达了终点，在没有边界的地方被人与诸神完完全全地接纳。

二　观念及其边界的冲突

我们可以通过索福克勒斯的另一出悲剧《安提戈涅》来对照性地理解《俄狄浦斯》。就剧情而言，《安提戈涅》① 是俄狄浦斯故事的后续；就人的存在形式与其命运的关联、人的理性及其观念的发展而言，它则显现为俄狄浦斯一剧的前奏。

---

① 在写作年代上，索福克勒斯的《安提戈涅》早于《俄狄浦斯王》。剧情为：俄狄浦斯目盲退位后，他的两个儿子厄忒俄克勒斯和波吕涅刻斯尚在幼年，忒拜城的政事便由伊俄卡斯忒的弟弟克瑞翁摄行。两个儿子长大后因为争夺王位自相残杀而死，克瑞翁以舅父资格继承了王位，他宣布波吕涅刻斯为叛徒，下令不许埋葬其尸首。克瑞翁代表城邦，维持社会秩序，他的禁葬令即是国法，任何人不得违反。俄狄浦斯的女儿安提戈涅遵守神律（古希腊人把埋葬死者视为神圣的义务，死者不得埋葬便不能渡过冥河，前往冥土，对神祇也是大不敬），尽了亲人必尽的义务，埋葬了哥哥。克瑞翁大怒，下令处死她，将她关在了空墓中。后来安提戈涅在墓中自缢，她的未婚夫、克瑞翁的儿子海蒙破墓而入，在她脚下自杀而死，海蒙的母亲、克瑞翁的妻子听到这个消息后也自杀身亡。

与《俄狄浦斯王》不同的是,《安提戈涅》中的人物以较为单纯的形式出现(这里对“人的形式”一词的内涵的理解来自亚里士多德对“形式”一词的解释,人的形式即人的特征、性质或属性),戏剧焦点紧紧围绕安提戈涅和克瑞翁两个人物之间牵涉死亡的冲突,其他人物则在一旁或映衬或推动这一冲突的进行。这两个人物在形式上的单纯性可被视为后来俄狄浦斯身上那种深刻复杂性混沌的早期分化。

如同其他悲剧展现的那样,神是人界冲突的总体背景,尽管众神保持沉默,仿佛将生死争辩掷于人界而不顾。安提戈涅和克瑞翁各以其方式理解“神命”,亦各自走向偏执的死路:一个说“我不认为一个凡人下一道命令就能废除天神制定的永恒不变的不成文律条”(《安提戈涅》,第307—308页),在自认的“神的律条”下固执地走向死亡;另一个则说“至于我自己,请无所不见的宙斯作证”(《安提戈涅》,第301页),在自认的“神的见证”下固执于城邦律法之死刑。二者在本质上皆为某种相对单纯的存在之观念,都系执于其观念而一意孤行,由此正好形成戏剧性的对立与冲突。

无论是安提戈涅还是克瑞翁,在他们的固执里都包含着对某种实在性的信仰,但二者恰好对立。克瑞翁信奉人界的实在性,这一实在性以“城邦”及“律法”为准绳,对这一实在性的信守令他拘囿于自身,拘囿于自身的理性和判断,拘囿于与人的关系。到头来，国王名望的损毁、妻儿的相继自杀使克瑞翁信奉的实体性一一破灭，被证实为一场凡人命运的空幻。

从许多角度看去，安提戈涅恰恰处在与克瑞翁相反的立场上，均衡对立令二者命运之天平同等沉重不堪。如果说克瑞翁固执于“生”的实在性并最终在实在性的破灭里感受到生的空幻，安提戈涅则固执于某种非人界的实在性——她将“神的律令”奉为“生”的实在性含义。二者固守的都是某种自认的实在性，不过对二者而言，对方奉行的恰为针锋相对的“非实在性”，对称与均衡由此可转化为激烈的矛盾和冲突。

这出戏剧令观众不安之处正在于此：最激烈的戏剧冲突从最平衡之处转化而来。若非安提戈涅的一意孤行，克瑞翁就不会有如此沉痛的生之幻灭；若非克瑞翁的固执己见，安提戈涅的勇于赴死也就失去了最高价值。与克瑞翁相反，安提戈涅不拘泥于自身，她对自身的否定体现在不惮于赴死；她不拘泥于自身的所谓理性，认为人之理性在“神的永恒”面前转瞬即逝；她也不拘泥于与人之关系，无论是妹妹还是未婚夫的泪水她全然无睹，不受束缚。她所奉守的实在性以对人界实在性的否定为基础；她否定了人间可系其性命的实在性，却将奔赴神界作为自己的纯然使命。但是，倘若观众对《安提戈涅》中生命的无端毁灭怀抱纯然感慨，则难以深入体会希腊悲剧的奥秘：“希腊悲剧并未着意在善良与邪恶

或正义与卑鄙这些人间的对抗性定义中展现人之生存性悲伤，而是在人对自身之有限的破碎性突破中展现了自身的尊严与伟大。”①

安提戈涅和克瑞翁的命运是两个单一观念的冲突，剧末的玉石俱焚只是对此观念冲突的戏剧性安排。安提戈涅并非蓄意地反抗城邦、律法及其执行者的统治权，她自奉的实在性与克瑞翁的实在性本全然无关，这些本不在她的观念范围之内。从一开始她的立足点就并非这个人界，两人站在不同的边界内，但是对死亡的不同理解及随之而来的行动却将她和克瑞翁联系起来并置为一对冲突。“死亡”是人神间的含混边界，直到这一边界处，两种本来全然无涉的实在性才暴露出相冲突的一面，亦令冲突无法避免。

因而安提戈涅和克瑞翁的冲突是观念及其边界的冲突，针对并围绕着“死亡”这一边界性事件展开。一开始二者都是纯粹观念，都是那种非走到底、非撞到墙不可的偏执观念，本来全然无涉；继而由于“死亡”这个事件的介入，二者必须各自立界，这一边界却形成了交叉并造就了冲突；二者边界最终森然而立，新的毁灭与死亡不可避免。这一展开过程，是将两种本来无涉的观念确立为差异和冲突的过程，令观众注意到“差异”的最佳方式正是将此项在冲突与毁灭中一同展示出来。

---

① 刘华：《俄狄浦斯的眼睛——伯格曼与电影哲学》，福建教育出版社2010年版，第143页。

我们看到，《安提戈涅》一剧中差异的构成过程，与俄狄浦斯身上展现的对差异的辨识揭示过程正好逆向而行：《俄狄浦斯王》将发生在《安提戈涅》中的两种观念集中到了俄狄浦斯一个人身上。对于《安提戈涅》中的冲突二人来说，差异是一种戏剧性将然，戏剧在行进过程中逐渐确立不可调和的差异与冲突；对于《俄狄浦斯王》中的俄狄浦斯来说，差异则是一种戏剧性已然，他一出场即已然如此。然而，无论是差异的被构成还是被辨识都带来同样的结果，那就是边界的确定和人的存在的被毁灭。

与此同时，作为索福克勒斯密切关注的话题，在《安提戈涅》剧中，对人之“理性”的思考与批评亦一以贯之。或许与观念呈现的单纯化相关，该剧将辨识“理性”的任务交与了第三方即歌队（由城中长老组成）。歌队在开始时赞颂人的聪明才智（见歌队第一合唱歌①），并以“理性”来监督整个事态的行进，末了则不得不承认，人的命运不由人或其理性来定，将由神来决定，而人最好小心谨慎。“第三方”从另一层次平衡了两种单纯观念的直线式冲突，构成一个可延展的面。

在《俄狄浦斯王》一剧中，这一任务则全然放置到了俄狄浦斯一人身上——他必须自己用理性来追溯、探照这一切。

---

① “第一合唱歌”参见［古希腊］索福克勒斯《安提戈涅》，《罗念生全集》第二卷，上海人民出版社 2004 年版，第 305 页。对“第一合唱歌”理性内涵的解释可参见［德］海德格尔《形而上学导论》第四章，熊伟、王庆节译，商务印书馆 2007 年版。

俄狄浦斯的“混沌”正是这一切的“混沌”,从观念到边界,差异和冲突的力量不再分散到几个人物身上,他以一己之身集合了所有这些,在“混沌”造就的巨大爆发力中将被活生生地撕裂为碎片。

三 得到与失去

在俄狄浦斯身上交织着知识、理性与命运的对抗性主题。诚然,对这一对抗性主题的理解蕴含了现代以来对启蒙和反启蒙主题的思考,无论是启蒙还是反启蒙的论题,在俄狄浦斯的命运中都能寻找到自身的影子①。2400 多年前希腊戏剧呈现的激烈主题与现代人激烈争辩的主题无甚大变,这一点尤其令人深思。

对自身区别于他物的理性能力,人类一直深怀恐惧和疑虑。在犹太人记载的人类始祖亚当和夏娃那里,我们也能清楚地看到这一点。在关于知识之果或智慧之果的故事中,人得知识或智慧与“死”和“罪”直接关联。从人的角度而言,人偷吃禁果,得了知识或智慧,因而被神驱逐,开始了人自身的善恶历史,是神惩罚的结果。人仿佛因求知识和智慧而得罪,从而开始了被神所规定的在大地上的

---

① 对《俄狄浦斯王》一剧中启蒙与反启蒙论题的探讨可参见施密特(Jochen Schmidt)《对古老宗教启蒙的失败:〈俄狄浦斯王〉》一文,刘小枫、陈少明主编《索福克勒斯与雅典启蒙》,华夏出版社 2007 年版。

生死命运，人的理性带着罪的胎记。但从神的角度而言，神却曾谆谆告诫：

> 你们不可吃，也不可摸，免得你们死。（《旧约·创世记》3:3）①

这一诫命带着忧伤。理性的认识能力与“死”相关联，与毁灭相关联，人却常常难以看清这一点，所以神仅仅简单地告诫说，“免得你们死”（或译为“不然你们会死”）。

将此处的“死”理解为神的威胁或惩罚，不啻为一种曲解。死是毁灭，但身体的毁灭本不令人感到最深的恐惧，正如婴儿不知何为死亡而无此特殊恐惧。毁灭包括被毁灭之物以及人对之的认识与感受，后者正是针对人的理性与情感而言：人能够意识到事或物的“不再存在”从而产生恐惧，才构成了真正意义上的毁灭：因为能被人的理性认识到并在情感上加以反馈，死才加上恐惧成为真正意义上的那个“死”。所以，“不可吃，也不可摸，免得你们死”——免得你们吃了之后认识到死而有无穷恐惧，因而真正地被毁灭。或许这正是神在其诫命里的最深忧伤。

神的这一诫命已经预言了人之理性认识及其归宿间的必然联系。人得知识和智慧，却因此被迫离开天堂而跌落于大地；人的知识和理性认识既是人之大地性存在的根源和起点，

---

① 本书的《圣经》引文出自中国基督教协会出版的《圣经》现代标点合和本。因本书《圣经》引文较多，将随文标注。

也因与死的关联而成为某种终点，在其间，知识和理性所必须承担的最艰难的任务就是去认识这一点。人的得到、离开、跌落以及生死，展开的是一系列动的进程，人从天堂的跌落是跌落进一个动态的生命过程里，人的大地存在是变动的、流宕的。既有死的毁灭，也就有生的开始，自此人将生生死死，世代繁衍（《创世记》3:15—16），展开在大地上痛楚存在的动的循环。人欲求之须承担之，须去认识生命的死与生，认识人“本是尘土”而终将“归于尘土”（《创世记》3:19）。这成了人之大地旅程，这一大地旅程以“得到”作为开端，得到的同时亦是无穷的“失去”，此亦为人类理性的开端。

蛇是表面上的诱惑者，接受诱惑的是人自己，倘无接受的可能，诱惑就不会发芽，就不会有诱惑的实现，在这一点上，诱惑与被诱惑是同时存在、同时发生的。正如同作为种子的麦子只有发了芽才是真正意义上的种子。因而，蛇亦可被视为诱惑的外化——人自身内部引起恐惧和疑虑的那一部分的外化。

蛇是怎么引诱人的呢？蛇说：

> 你们不一定死，因为神知道，你们吃的日子眼睛就明亮了，你们便如神能知道善恶。（《创世记》3:4—5）

蛇提供的第一个诱惑是“不一定死”。在人能够识别死或不死之前，蛇提供一种怀疑的否定，即“不一定”。蛇同时还提供了另一肯定性诱惑，那就是“如神一般知善恶”——人倘能“如神一般”，也许亦不会死。蛇的说辞的诱惑性在于它的含混：“不一定”仅仅是不一定，“如神”亦非为神。这一含混是以对神的牢固信仰的破除为前提的，而形成破除的第一道锐利锋芒即为知识和理性，对“眼睛明亮”的渴望。

因而我们看到，蛇的这一说辞紧紧围绕着“人有一死”的命运，围绕着“如神一般”的僭越，既蕴含着人对知识、智慧和理性的向往与渴望，也蕴含了人对拥有知识和理性的恐惧与疑虑。在犹太人记载的人类起源里，理性是人从天堂失落的根源，亦是人在大地上流宕的起源，理性恰构成了人间世的边界，这一边界为人类划分出天堂和人间。然而人的理性并不足以明了神或天堂那边，它能够识别了解的仅限于人间世；正如我们在《约伯记》“智慧诗”里清楚读到的那样（详见下章），理性是“有”之世间的边界和根源。

然而，就《圣经》对人的整体启示而言，正是这理性，它既是“得到”亦是“失去”，既包容了起点也包容了终点，既包容了人之生乐也包容了人之死灭——却令人得以最终超越所有这一切。也就是说，真正完整意义上的理性——包容了粒粒种子的那个“果子”——构成了唯一的通道，人由此从天堂跌落大地，亦将由此而可能最终放弃所有这些“有”之存在物，重新认识神、返回神那里，重新回到天堂。理性为人类在大地上的存有与死灭以及最终的超越与返回构成了

一条完整的道路。

将理性认识为边界和道路，包含了几个意思。其一，人的理性只能认识边界以内那个“有”的世界，而“有”的世界的存在则提示了一个边界外的、理性认识之外的世界。其二，有边界即构成差异，这些差异包括构成存在之“有”以内的事物之特征的表里、外内、高低等区分，也包括一系列相对之分项——男女、动静、直曲、光明与黑暗，乃至正方形与长方形。所有这些边界和差异设定了“有”之世界的无穷小和无穷大，但其边界仍为“有”之界划。其三，差异和区分既是理性识别的对象，也是其结果。差异和区分构成了现象的变动，理性正是所有这些变动的通道，它的识别能力令这些潜在的差异的种子发芽成为真正的差异，也能够让人最终放弃这些差异，回复到无差异。

俄狄浦斯的系列故事亦详细地阐明了这些。

在索福克勒斯及其他古希腊戏剧诗人如埃斯库罗斯的作品中，对人的理性及个体性存在的理解与批评是一个重要命题。在戏剧舞台上，人的理性及个体性存在中蕴含的冲突和矛盾常爆发于人的理性和神性之间，爆发于“认识你自己”（后来则成了“现代性启蒙”的座右铭）与“认识神”之间，这些冲突矛盾及爆发形式虽然样式多变，却持续至今。人通过戏剧行为创造出自己行动的镜子，俄狄浦斯的命运之途正是希腊古人就此命题创造的本真镜像，映照出人类古今的基本处境。

第二章

个体与精神：《约伯记》

“精神的历程”，我们常不假思索地脱口而出，而蕴含在这几个字当中的奥秘就常常被我们搞丢了。那些奥秘与我们自身蕴含的奥秘擦肩而过，本来它们可以会合，本来这一随处可以发生的会合会产生相遇和倾谈，我们却常常轻易地把它们弄丢了。然而这并不是说今人比前人更容易把它们弄丢，而是说，倘若要增加与这些奥秘相遇的机缘，我们就当更谨慎一点，不要让它们在自己随随便便的说、随随便便的听和随随便便的作答中丢失了。

第一节　问与答

作为《圣经·旧约》智慧文学之一，《约伯记》[①] 的主题虽然众说纷纭[②]，核心则为对信仰及其“义”的阐明[③]。而体现在整体叙事框架中很显明的一点即为，这一阐明是通过多场次的独白与对话来进行。关于《约伯记》中的独白、对话与全书体裁风格之间的关系，论者们各持己见，如施密

---

① 《约伯记》的故事梗概：义人约伯敬畏上帝，远离恶事，家道丰裕，生活幸福。上帝接受撒旦的挑战答应试探约伯的忠诚，对此毫不知情的约伯开始遭受一连串的灾殃打击并身患毒疮，但他仍持守对上帝的忠信，对这一切事情并不以口犯罪。他的三个朋友以利法、比勒达和琐法前来看望并安慰他，约伯跟这三个朋友展开了包括三个回合的冗长辩论并请求上帝的回答。上帝在旋风中出现，提出一连串的问题“回答”了约伯。最后上帝使约伯从苦境转回，并加倍祝福了他。正如圣经学者普遍认为的那样，我们现今看到的《约伯记》是在历史中逐渐补充完善的，而学者们对之所持意见并不一致，如对“智慧诗”或以利户之发言的争议（详见下文注）。此处不涉及《约伯记》成文历史的各种争议，将现代圣经中的《约伯记》全文视为一个整体进行分析。

② 对《约伯记》的阐释分为不同传统和背景，如犹太教、基督教和现代理性主义的不同解经路径，参见 Nahum N. Glatzer（ed.），*The Dimensions of Job*：*A Study and Selected Readings*，New York：Schocken Books，1969。

③ 此“义”可细分为“神义”（theodicy 或 divine justice）或人之信仰行为之义（righteousness），对二者的神学阐述可谓无穷无尽，前者可参考 Saadiah Ben Joseph，*The book of Theodicy*：*Translation and Commentary on the Book of Job*，Translated by L. E. Goodman，Yale Judaica Series，XXV，New Heaven：Yale University Press，1988，pp. 124 – 130。或 Nahum N. Glatzer（ed.），“The Issue of Theodicy”，*The Dimensions of Job*：*A Study and Selected Readings*，New York：Schocken Books，1969，pp. 194 – 224。而关于人之信仰行为之义亦根据不同时代和语境如犹太教、《旧约》或《新约》则有不同解释，可参阅 *The Interpreter's Dictionary of the Bible* 中“righteousness”的词条。

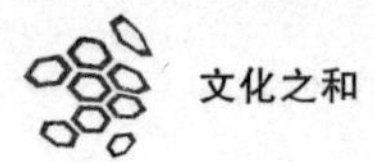

特（Nathaniel Schmidt）曾说，“（《约伯记》中的）对话使一些论者将之描述为一部戏剧”，但他本人并不赞同这一观点[①]；较新的阐释则以苏联文艺理论家巴赫金（Mikhail Bakhtin）的“对话理论”来解读约伯及其友人的问答，强调其中的“复调”性或“对话性”[②]。

而下文欲以切入之处则是“说”“问”“答”等话语形式的自身特质。在《约伯记》中，“说”“问”“答”等不仅是叙事话语的展开形式，这形式与对“义”之内涵的阐明亦环环相扣，在内质上紧密关联。

一 说—问

语言的奥秘并未向人自身完全开启，它是理性的奥秘之一种。当我们说——当我们通过语言来表达和交流时，语音中包含的不仅仅是声音，还有经过理性转化的感觉与认识。人能够说出一句话，是因为他能把感觉与认识转换为符号化的语音，把想表达的内容变成一句别人能听懂的话说出来。“说”是一种不需要借助其他工具如画笔、乐器等，而仅仅靠人自己的身体器官就可以实现的理性输出能力。人是通过

① 参见 Nathaniel Schmidt, *The Messages of the Poets*, New York: C. Scribner's sons, 1911, p. 78。施密特关于《约伯记》体裁的看法可参该书“Its Poetic Form”“The Dialogues”等章节，pp. 77－80，pp. 83－89。

② 参见 Carol A. Newsom, *The Book of Job: A Contest of Moral Imaginations*, Oxford: Oxford University Press, 2003。

语言来思考的，“说”包含的既是感觉与认识，亦是分别与判断，也是概念和结论。

凡人一生伴随着滔滔不绝的话语之流，而“问”则是此流中最跌宕的动源。

约伯的整个事件即是以一“问”作为开端的。天上开会，耶和华问撒旦：

> 你从哪里来？（《伯》1:7）①

这是一个关于地点、方向与举动之问。这个问题本身就是流动性的，并以此带动了后面所有问与答的流动性——在论及信仰及其义之时，当将之置于湍动之流而非静寂之渊来加以探问。

此问之后，神对约伯表示很满意，“你曾用心察看我的仆人约伯没有？地上再没有人像他完全、正直，敬畏神，远离恶事”。（《伯》1:8）

撒旦却随即抛出了另一问：

> 约伯敬畏神，岂是无故呢？（《伯》1:9）

而撒旦此问则真正拉开了整个约伯“事件”的大幕。

撒旦此问的核心是义，“敬畏神”为义人当属之“义”，但此问对“义”的提领是通过反问的形式来实现的。一个简

---

① 本书的《圣经》引文出自中国基督教协会出版的《圣经》现代标点合和本。以下引文将随文标注。

单的反问——“岂是无故呢”——就将更多的“问”聚集于“义”的周围，将之重重遮盖。由于撒旦此问，义人约伯将不得不去一一揭露这些遮盖，将“义”之属性一一阐发，整个过程因此成了信仰之“义”之种种特征的显明过程，也成了约伯自身属“义”之性的显明过程。这是双重的显明，一个关乎信仰和义的本质，一个关乎被迫存疑待考的义人自身。这双重的显明过程皆以耶和华之问作为流动之肇始，以撒旦之问为显明之开端，通过约伯与其友人之说、问、答之交叉流摆而逐渐展开完成。后者正以约伯之质问作为发端。

我为何不出母胎而死？为何不出母腹绝气？

为何有膝接收我？为何有奶哺养我？

受患难的人，为何有光赐给他呢？

心中愁苦的人，为何有生命赐给他呢？（《伯》3：11、12、20）

从第三章第11节的自我“诅咒”开始，在与三友辩论、质问上帝的整个过程中，约伯不停地发问，“问”是他的生命及其信仰得以展现的方式。在这个过程中，“义”的种种内在规定性——“完全、正直、敬畏神、远离恶事”才得以显明，同时作为约伯自身的属性得以显明。何谓“完全、正直、敬畏神、远离恶事?”神说的这四点属性并不是东一个西一个随便抛出来的，它们是作为一整个的东西被道出从而构成了另一条湍动之流，约伯必须在这条激流里奋斗，来说

明它们为何是一整个的、为何是流动的，而非互不干涉的凝固词语；它们不是单个地迸出来，好像那些被人从地底掘出、从石头里熔炼而出的被称作“金银铜铁”之类的单个元素似的（《伯》28:1—2），它们整个地存在于信仰之人的存在之流当中，存在于这个人在此世的必走的道路之上。而为了完成这个阐明过程，为了阐明这四个或更多其他的相关属性其实就是一整个——它们必须互相阐明互相通达以成为被称为“义”的那一个——他必须不停地发问以及追问，不停地在询问和回答间挖掘铺展自己的道路。

人之发问包含了意愿、能力或行动，亦处于意愿、能力与行动间的矛盾之处。

人张嘴发问。

当询问之音徐徐漾开，这个问句的习常“意义”及将之镌刻下来的“文字”却把它固定住了，变成了对这个问意的规定。人张嘴欲问未问之时还只有一个待明的意愿，它本来可以走向任何一个方向，道出之时却成了一种固化的规定和束缚，正如成形之某“道”恰是对原初寻道之种种意愿的单一固化。

由是，询问之意愿在话语开始的同时被迫在话语里受阻，询问之意愿徘徊良久，再次稽首发问。

“问”并非仅仅是那个成形的问句与问号；问是人的理性话语之流中起引领作用的意愿与行动，这意愿与行动频频相阻，亦频频相携前行。问即探，探问就是那根试探的拐杖在大地上敲打或叩问心扉的声音。问亦是探的过程，是一座由敲敲打打的问号构成的桥梁。约伯之问不单纯是行动和话语的发生，每一个问捕捉着一个先前的结论，确定它或者揭露、反对它，从而形成新的虽然也许是暂时的结论。倘若从叙事的路图来说，这就构成了约伯以问的形式铺展而出的道路，这条交叉纵横的道路显示了这个人与世界的关联：他从哪里来，他在哪里迷了路，他按哪种意愿确定了哪个方向，他将走向何方，等等。这个关于“问”的路线图就是这个人的世界，他在这里敲打一下，在那里敲打一下，每一次“问”都把他的世界拓展了一点，改变了一点；而当我们最终能够琢磨到它的轮廓时（我们琢磨它时，就成为关于我们自身的探问与敲打了），我们就说：那就是这个人的历史。人的历史亦是人与世界的关联史，每一个询问都点点滴滴地改变着他与世界的关联。

人所问的问题本与人自身有着内在属性的关联，这一点却常被人熟视无睹。人问“这是什么”，实际上是问这个东西——与人自身相关联而言——是什么？我们常常问，亦常误以为被问之事之物有其自身的属性，而与人尤其与发问之人自身无甚关涉。这构成了约伯与其友之发问的最根本区别。他们都在说、在问，却因站在不同的地方发问而走向了不同的方向。

约伯是从自己所站立之处去问，他的每一发问都隶属于自身，他之所问就是他这个人的属性，全然属己而非属他。

正因全然属己而非属他，约伯之问才最终廓清了自己的世界，亦廓清了自己与信仰间浑然一体的属性。

其友则与之相反。他们之所问本与己有关亦应于己出发，却被误为与己无关、全然属他；因而其问盘旋于事物固着之表象，无法沉潜于内在奥秘之甘泉，失落于那整个的世界。

由此我们看到，在《约伯记》中"问"不仅是"说"的一个展开方式，亦是话语之流的动源，它引领说的人走在道路上，由此构筑出他的世界、他的历史。由"问"而始，《约伯记》的整个叙事框架所展现的并非一条静止的现成道路，而是属义之路的形成过程。这一展现通过"问"和"答"的流动形式来铺路：每一声质问在地上敲敲打打如盲人探路之铁杖；每一个回答追逐着一个质问，将之捕获为一块路石，随之铺展出对下一问题的开掘。

询问期待着回答。但是问所期待的并非不知从哪儿迸出来的孤零零的回答，而是一个相遇，为了这个相遇，这个人不得不在这条道路上一直走下去。

二　问—听—答

答是问的回应，所以说到"答"的时候，它就是问—答。然而在问—答之间并非一段空白，其间有"听"。

"听"首先有"倾"。然倾听之"倾"并非把自身倾入他人或把他人倾入自身，不然自身及他人即凝固僵化，是双重的失落。在问一答之间，通过“倾”与“听”，自身与他人得以相遇相合，是自身世界与他世界的双重合得。

三友来看望并安慰遭受磨难的约伯，他们之间的对话与问答即从约伯的诅咒之问说——其友的“听”为始发点。然在此“问/说—听”中，其友非从倾听以抵达约伯，而全然将一己之意倾入了约伯。听而不闻导致其所问非答。

以利法“回答”道：

> 人若想与你说话，你就厌烦吗？但谁能忍住不说呢？（《伯》4:2）

比勒达“回答”道：

> 这些话你要说到几时？口中的言语如狂风要到几时呢？（《伯》8:2）

琐法“回答”道：

> 这许多的言语岂不该回答吗？多嘴多舌的人岂可称为义吗？你夸大的话岂能使人不作声吗？你戏笑的时候岂没有人叫你害羞吗？（《伯》11:2—3）

以利法难以忍住“说”的表达欲望。因缺“倾听”，他之所说盘旋于感官、经验和欲望的表层（《伯》4:12—16），拘泥于个体感官体验之“按我所见”（《伯》4:8），“我暗暗地得了默示，我耳朵也听其细微的声音”（《伯》4:12），而此实乃固

化僵硬之“义”之表层，与其自身状态无关，与约伯之状态亦无关，最终变为内里空洞无物之“说”而非“答”。

比勒达未及仔细去“听”，约伯之问说如同“狂风”刮过他的耳朵。因缺乏仔细的倾听，他倚靠的“前代”“列祖”之言语亦如粗疏的“狂风”刮过，令其不及听闻而徒自哀叹，“请你考问前代，追念他们的列祖所查究的。我们不过从昨日才有，一无所知，我们在世的日子好像影儿”。（《伯》8:8—9）

琐法亦无倾与听的姿态，在他耳中约伯之苦诉只是声音的物质性堆砌，是“许多的言语”，是“多嘴多舌”，是“夸大”与“戏笑”之说。他急躁而充满教条性地责备，“惟愿神说话，愿他开口攻击你”（《伯》11:5）；他在话与话的厚墙间徘徊，不得其门而入。

因缺乏倾听，三友与约伯间实非真正的“问—答”，只是从说到说、从话到话，彼此两厢隔绝，全无通抵之道。

而约伯亦须倾听才得以继续他的探问，得以令其说其问获得方向。三友之话他细细倾听、句句入耳，但他错误地把对方全然倾入了自己；由此单向的听的倾入，他或变得灰心，或变得沮丧，或陷入怀疑，或溺于绝望。然而他一直在“问”，此“问”向上下左右各方冲突，奋力寻找通道。

全然的倾听实现了真正的问—答。在《约伯记》里，全然的倾听来自神。神倾听着这一切并于旋风中显现，这显现即是全然的倾，亦是全然的听。但神的回答却是“问”。神没有直接回答约伯之所问，反而问了一连串约伯无法回答的问题——难道神问这些问题只是要将人的口堵住？难道这些问题只是要展现神的大能而令人在神前哑口无言？①

神这样问道：

> 谁用无知的言语使我的旨意暗昧不明？
>
> 你若有聪明，只管说吧！
>
> 你若全知道，只管说吧！（《伯》38:2、4、18）

我们当注意我们的“说”。我们常以为自己足够“聪明”什么都知道而“只管说”，但那只是“无知的言语”，掩盖了真正的道路，令真正的旨意“暗昧不明”。因此在张嘴说、问之前我们须仔细倾听，回答蕴含在倾听之中，非倾听则无问一答。

耶和华以“问”教会了约伯如何注意自己的“说”以及如何倾听。

> 我立大地根基的时候，你在哪里呢？
>
> 是谁定地的尺度？是谁把准绳拉在其上？
>
> 地的根基安置在何处？地的角石是谁安放的？
>
> 你曾进到海源，或在深渊的隐秘处行走吗？

---

① 一些圣经学者认为上帝并未给约伯之所“问”提供任何正面回答，祂似乎在“逃避”约伯的质疑，上帝虽然显现了祂的大能和智慧，却并没有回答人间的“公义”包括“义人为何无辜受苦”的问题，参见 C. Edwards，“Greatest of All People in the East：Venturing East of Uz”，*RevExp* 99（2002）：535。

光明的居所从何而至？黑暗的本位在于何处？(《伯》38:4—19)

在细细倾听中约伯才最终明白，倘若人以自身准则去无知地“说”去揣测或判断神，不仅将远离神，亦将远离信仰之义。人往往受制于有限的个体经验（即使是理性的经验），受制于有限的个体世界，唯有全然的“倾听”才能令其超越个体之有限而倾入无限。

真正的倾听亦令约伯最终懂得真正的“问—答”如何在倾听中才得以实现。所以当神再问：

强辩的岂可与全能者争论吗？与神辩驳的可以回答这些吧！(《伯》40:2)

约伯答道：

我是卑贱的！我用什么回答你呢？只好用手捂口。(《伯》40:4)

谁用无知的言语使你的旨意隐藏呢？我所说的是我不明白的；这些事太奇妙，是我不知道的。(《伯》42:3)

神向约伯指明了他的问答该走的方向，即离弃“无知的言语”，离弃说与问—答之表层，潜入倾听之中，由此潜入并融入神的旨意及其无限之中。神即义的方向，亦即义的道路自身，而非人之言语的杂乱堆砌。若非细细倾听于此，人之所说、所问、所答即失其方向，即失落于神之世界。若细细倾听于此，即是领受，即成相遇——先“闻”之，而后“见”之，世界顿然合得融成：

我从前风闻有你，现在亲眼看见你。(《伯》42:5)

第二节　分离与合一

一　否定与分离

在说、问等话语形式之中，还包括“诅咒”这一特殊方式。约伯的“诅咒”以否定的方式展示了生命与信仰的特有关联。

“约伯敬畏神，岂是无故呢?”撒旦此问将“敬畏神”与“故”联系在一起而互为目的与对象，从而开启了《约伯记》中无尽分离的过程。因这一否定式的反问，约伯不得不经受毫不知情的试炼[①]，不仅被剥离了各种外在的物质性的

① 犹太教和基督教传统都将约伯遭受的苦难视为上帝对义人的考验，将最后的结局视为上帝对经受了考验的义人的酬报或恩典。参见 Robert Eisen, *The Book of Job in Medieval Jewish Philosophy*, Oxford, New York: Oxford University Press, 2004, p. 40;［西班牙］迈蒙尼德（Moses Maimonides）《迷途指津》，傅有德等译，山东大学出版社 2004 年版，第 425—430 页。

“故”，亦不得不将自己从各种内在的“故”中一层层地分离出来。

对那些物质性的“故”，约伯说：“我赤身出于母胎，也必赤身归回；赏赐的是耶和华，收取的也是耶和华。耶和华的名是应当称颂的。”（《伯》1:21）

财产、儿女、丰裕的生活、美满的家庭乃至身体、“骨头”和“肉”（《伯》2:5），是人的生命在这个世界里最实际的构成，可称为物质性的“故”。约伯坦然地将自身与这些物质性“故”之关联的理解完全放置在耶和华手中，亦是将自己生命之构成、生命之所属完全放置在耶和华手中。

既然已将自身完全倚靠神，既然明白生命属物之故的非恒常，那约伯的痛苦与哀伤究竟为何？

“丧失一切”首先是一种区分，亦是一种分离：将“我”从外在那一切可见、可触之“物我”中分离出来，由此我们才可能在丧失一切的时候说“我赤身出于母胎，也必赤身归回”，我的赤身来去不外在性地依赖于这个世界的任何物质。区分包含着对属性及其差别的辨识，我们总得给被区分出来的样态一个恰当的名称；从生命的物质性存在中被区分出来的这个“我”常被称为“灵”或“精神”。约伯的痛苦并非是对那些物我之丧失的痛苦，而是属灵的痛苦，这一痛苦的根源则在于：经历物我之丧失时，“我”不得不重新考察自己那个灵存在的根基，不得不重新考察自己的灵与物与神的关系。凡人常在神与己灵间加上物，从而构成三方关系，并以此维系灵的存在；物我的被毁坏也许不足以直接毁坏灵，却足以毁坏灵与神的关系，从而将灵毁灭。

所以撒旦仅仅问：岂是无故？“故”提示了多种因果关联，亦提示了这些关联的种种方向。之前的约伯将自己完全放置在神手中，这种完全的倚赖和信靠深植于血肉之中无须多加思索；因此“故”之问，约伯的信仰被提示为各种各样错综交叉的关联，他则被迫去廓清自己与物和信仰之关系。为此他不停地发问，这些问题从他生命的核心里生发出来，正如泉水自地底深处奔涌而出。约伯与其友之论辩亦是围绕此“故”而展开。

对“故”关联的物、灵、神的层层分离，才是那场真正哀伤的试炼。

《约伯记》的核心是对“义”的追索，落脚到约伯这儿，即为对信仰的追索。对信仰之“义”的追索常须将它在某个情境中孤立出来，让它无源、苍白，从而真正看清它的生命力之来源。神对撒旦说，“他在你手中，只要存留他的性命”(《伯》2:6)。何为性命？就是那一段自母腹中来、由坟墓收纳的生与死，除了这条“性命”，附加其上的其他物的内容并非在人能控制的状态之中，而在别处，在别处的可能名叫撒旦的“手中”。人对生命本身常懵懵懂懂，随流奔逐，不思其由来亦不思其所之，约伯失财、丧子、身患恶疾，于瞬间被抛到生命的最底层，被迫直接面对自己的生命本身，面对

生命的“生与死”这个最古老的问题——对生命来说，没有比这更底层的问题了，对这场关于“义”的试炼而言，则没有比这更底层、更孤立的情境了。“义”正是在对生与死这个最底层问题的思索中生长起来的，它扎根在这块坚硬的岩石上。

然而，面对这一绝望与孤立之境时，为何约伯以滔滔不绝的“诅咒”这一方式作为整个言说之开端？

> 愿我生的那日和说怀了男胎的那夜都灭没。
>
> 愿那日变为黑暗；愿神不从上面寻找他，愿亮光不照于其上。
>
> 愿黑暗和死荫索取那日，愿密云停在其上，愿日蚀恐吓它。
>
> 愿那夜被幽暗夺取，不在年中的日子同乐，也不入月中的数目。
>
> 愿那夜没有生育，其间也没有欢乐的声音。
>
> ……
>
> 我为何不出母胎而死？为何不出母腹绝气？
>
> 为何有膝接收我？为何有奶哺养我？
>
> 不然，我就早已躺卧安睡。（《伯》3∶3—13）

“诅咒”包含着根本性的否定。人不能承受生命之患难与苦痛时，就会转而否定它、排斥它并欲图放弃它；通过否定生，就从根本上直接否定了生命的存有本身，即进入

“无”的虚假安慰。

那么，在这样的诅咒与否定当中，信仰如何扎根？由此我们则注意到“否定”这个方式在生命与信仰间的运行过程。

约伯原先生活在一种安安稳稳的信仰状态之内，“完全、正直、敬畏神、远离恶”，这种生活及信仰状态也就构成了他的生命整体，神是这个生命整体的中心，也是供养生命的空气。当约伯诅咒自己的出生时并未意识到，这一诅咒已将自己从原先的整体生命状态中割裂了，神以及对神的信仰由此变成了自己的对立面——虽然约伯没有否定神、否定神恩，他对自己生命的否定却已间接地否定了神恩，间接地否定了信与义，亦将构成对神的最大背叛。

在这场试炼中，虽然是撒旦把约伯的外在性物质剥离掉了，但那绝非否定；真正的否定只能由人自己做出，由人把自己割裂出来变成一个“单个”并加以否定。“把自己割裂出来”意味着将自己的生命割裂出来，亦即把对生与死的理解从与神的关系中割裂出来，生命的生与死因此成为一个简单的生物性事实——一个“个体”的生死。

因而在信仰之内、在“义”的道路上，对生命的否定就成为一种完全彻底的否定：否定生意味着将自我从信仰中割裂出来，意味着自我与信仰关系的隔绝，从而间接地但是彻底地否定了信仰。这样的否定断绝了围绕生与死的其他所有关联，只留下一个生物性的“生命”；这种全然的

隔绝与断绝就是那个“无”，或者说“虚无”，那个彻底的死灭。

彻底的否定浸满了绝望、沮丧和怀疑的苦汁，将导致对生命的厌弃，这种厌弃并非谦卑，而是生命躺卧在尘土中被白白践踏，即那个虚无的状态：

> 我厌弃性命，不愿永活。你任凭我吧，因我的日子都是虚空。
>
> 人算什么，你竟看他为大，将他放在心上？
>
> 每早鉴察他，时刻试验他。
>
> 你到何时才转眼不看我，才任凭我咽下唾沫呢？
>
> 鉴察人的主啊，我若有罪，于你何妨？为何以我当你的箭靶子，使我厌弃自己的性命？（《伯》7:16—20）

“我若有罪，于你何妨？”义是人与神的关系，虚空即为关系之禁绝，人与神的关系在虚空中将失血死掉。这整个过程正是从那个否定开始。

就这样，当约伯站在生与死的底层问题上去重新考量信仰的时候，他曾因否定而错误地步入空无之荒野。然而，正是必须经过这样全然的否定，必须经过这样全然的两厢隔绝，必须曾经步入恐惧和怀疑的空无之地，约伯——以及我们——才能真正看清义的生长及扎根之所。

除了否定性的“无”，亦有肯定性的“无”。但肯定与否定恰恰相反，肯定性的“无”是把自己所属的那个整体完全覆盖在自己身上，当中的自己既无显，自己与整体之间的真正联系亦无显，这个人及其信仰就成了一个概念的虚假共相，即以信仰的名义构成的淹没，因而也是一个“无”。肯定性的“无”成为约伯之友辩论的核心。如以利法所述：

> 必死的人岂能比神公义吗？人岂能比造他的主洁净吗？
>
> 主不信靠他的臣仆，并且指他的使者为愚昧；
>
> 何况那住在土房、根基在尘土里、被蠹虫所毁坏的人呢？
>
> 早晚之间，就被毁灭，永归无有，无人理会。（《伯》4:17—20）

否定性的“无”在否定自己的时候，把一切关系都否定掉了；肯定性的“无”在肯定整体的时候，把自己给否定掉了。约伯的申诉、三友的辩斥，正是从这两种“无”开始，慢慢地围绕着肯定与否定、有与无重新建立起信仰之“有”——此“有”即为那个真正的“故”；为了令这个真正的“故”显现出来，必须经过重重的否定和分离。

在针锋相对的辩驳中，约伯的信仰是如何重新生长出来，其三友又因何变得哑口无言？对当中那些细微的声音，我们须仔细倾听。

在肯定性的“无”关联的信仰中，人自认为“早晚之

间，就被毁灭，永归无有，无人理会”（《伯》4:20），因而必须全然仰靠上帝，此理“与自己有益”（《伯》5:27），将“得平安”，有“福气”（《伯》22:21）。“得利获益”成为攀缘信仰的绳索，一个纯然僵化、物化之“故”。人与神的关系因而并非直接，须倚靠其他中介——感觉经验、传统教训、教条律令或其他，如“我暗暗地得了默示，我耳也听其细微的声音。在思念夜中异象之间，世人沉睡的时候，恐惧战兢临到我身，使我百骨打战”。（《伯》4:12—14）或“请你考问前代，追念他们的列祖所查究的。我们不过从昨日才有，一无所知，我们在世的日子好像影儿”。（《伯》8:8）

虽然都名为信仰，其友并非从人的最具体的生与死出发，却从种种中介出发；他们的道路并非唯一而是条条种种，通向暧昧不明的各方。在“无”关联的信仰中生命无足轻重、直如虫蛆（《伯》25:6），人非因其生命而相属于神，乃因贱如沙虫而必须依附神。

约伯则直接从自己生命的生与死这个问题出发去接近神，按照神指示的道路那样去走，神以及神指示的道路是他生命里最重要的内容，亦是他的生命在生与死之间必须走的唯一道路。因为这样持续地、不间断地走在那唯一的道路上，由生而死成了一个庄重的过程，亦玉成了他生命之信仰以及属神之“义”。

人可能会否定自己并因此厌弃生命，他人则难以实施真正的否定而只能剥夺——夺去这个人的生命或信仰。约伯的层层不让之辩驳是对以信仰之名强加其上的罪名的反抗，这些罪名欲剥夺他的信仰，剥夺他的生命之所属，因而也将在根本上剥夺他的生命。在反抗中约伯不依靠感觉，不仰赖传统，亦不服从教条，他倚赖的是自己的"义"——自己生命与神的那个关系，"完全、正直、敬畏神、远离恶事"这四个关于"义"的属性是一整个的而非单个的。它们整个地表明了约伯与神、与信仰的关联，如果把它们拆开，它们就变成了孤零零的片段，就什么也不是。它们必须在与神的关系中才能成为对神之信仰的"属性"，它们必须在与神的关系中才能成为对约伯整个生命状态的描述。它们是在与神的关系中、在与约伯的关系中也在相互的关系中整个地说明并成了约伯的生命之所属，因此约伯会这样坚定地宣称：

> 我指着永生的神起誓：
>
> 我的生命尚在我里面；神所赐呼吸之气仍在我的鼻孔内。
>
> 我的嘴决不说非义之言；我的舌也不说诡诈之语。
>
> 我断不以你们为是；我至死必不以自己为不正。
>
> 我持定我的义，必不放松；在世的日子，我心必不责备我。(《伯》27:2—6)

"我持定我的义，必不放松"，正因为紧紧抓住了与神的

那个关系，当面临被剥夺的威胁时，这些属性才能够成为约伯的勇气和力量；这个名叫约伯的人，这个生命，才能在暴力的倾轧和剥夺中渐渐从那片怀疑和绝望的空无之地走出来，重新成为他自己。他必须重新成为他自己。倘若人是一条无足轻重的虫蛆，倘若这个世界在虚空中善恶无分（《伯》9∶22），神将与谁建立这个相属相涉的关系？正如同俄狄浦斯一样，这必须是一个在生与死的道路上行走的具体的人，而不能是一个“无”。

这亦成了重获新生的过程，这个新的生命最后不得不请求神的出场，只有在面对面——在直接的关系中——这个新的生命才能获得真正的确认。对约伯来说，这场辩论完成的正是这样一个重生和确认的过程。

纯粹的否定令人目盲，但也正是在黑暗之中，人才得以重新酝酿对光明的情绪。分离则是在条条种种不知通往何方的道路中，依据自身与光明的关联而确认出道路本身。约伯的路途正是这样，经过以“诅咒”开始的层层否定所最终确认的是重生的生命和这个生命与神的关系。重生必须经过这样的否定，必须被剥夺至无所有，必须被抛掷到生与死的底层问题上，才能重新考量生命与信仰的关系，才能重新确认生命与神的关系。在细细的识别与分离中，在各种对立、冲突和隔绝中，人与神之“关系”作为最珍贵的部分从各种现象差异中被淘洗出来，并被确认为那唯一的“故”。

在《约伯记》里，最终确认是通过与神的相遇这个情境来完成的。“相遇”不仅是这个人与神的面对面，而且是这个人在经过无尽的分离并重新成为他自身之后，其生命与信仰的再次合一。对这个分离与合一的过程，我们现在则习惯称之为“精神的历程”。

二 智慧与合一

无尽分离的过程亦是人的理性运行过程。如同约伯那样，这个人需要经过层层的分离以重新认识、确认自身；“认识你自己”这条希腊神殿上的铭文不仅刻在俄狄浦斯的道路上，亦铭刻在约伯的道路上。

同样的，《约伯记》中亦铭刻着“认识神”的诫命。

（一）智慧何处可寻

在约伯与以利法、比勒达、琐法三友论辩结束之后、神出场之前，有一则“智慧颂诗”（《伯》28）①。智慧诗恰如

① 关于这篇“智慧颂诗”的原创性、在《约伯记》中的位置安排意义乃至叙述学意味上的“叙述者”为谁一直存在争议，这些争议详见于各圣经注解文本，如 Norman C. Habel, *The Book of Job: A Commentary*, London: SCM Press, 1985, pp. 391 -395；Robert Gordis, *The Book of Job: Commentary, New Translation, and Special Studies*, New York: The Jewish Theological Seminary of America, 1978, pp. 298 -299。另参见［新加坡］潘朝伟《当代〈约伯记〉研究》，《圣经文学研究》2014 年第 1 期，第 264—267 页。此处不参与这些争论而将我们现今能见的《约伯记》全篇视为一个既定整体，下文对以利户发言的阐释亦如此。

希腊悲剧里的歌队[1]，在戏剧进行的紧要处出现，在一旁诵问道：智慧何处可寻？聪明之处在哪里？

为何在论辩结束时，智慧与聪明的来处成了提醒的关键？

智慧诗的开头部分诵道：

银子有矿；炼金有方。

铁从地里挖出；铜从石中熔化。

人为黑暗定界限，查究幽暗阴翳的石头，直到极处，

在无人居住之处刨开矿穴，过路的人也想不到他们；又与人远离，悬在空中摇来摇去。

至于地，能出粮食，地内好像被火翻起来。

地中的石头有蓝宝石，并有金沙。

矿中的路鸷鸟不得知道，鹰眼也未见过。

狂傲的野兽未曾行过，猛烈的狮子也未曾经过。

人伸手凿开坚石，倾倒山根，

在磐石中凿出水道，亲眼看见各样宝物。

他封闭水不得滴流，使隐藏的物显露出来。(《伯》

① 有圣经学者曾论述古希腊悲剧与《约伯记》之间的关系，如卡伦曾就古希腊对古希伯来生活和文学的影响进行了分析，认为《约伯记》是一部经由“希伯来人的文学传统和精神品质改写”之后的“欧里庇得斯式的悲剧”(p. 7)，见 H. M. Kallen，“The Original Form of Job”，*The Book of Job as a Greek Tragedy*，New York：Hill and Wang，1918，pp. 3 – 40。亦有学者反对这一看法，如贾斯特罗认为论者将《约伯记》视为一部戏剧是“出于一个错误的假设”，即认为《约伯记》是一个内在统一的文学单元（p. 177），参见 Morris Jastrow，“The Literary Form of Job，A Symposium not a Drama”，*Book of Job：Its Origin，Growth and Interpretation*，Philadelphia & London：J. B. Lippincott Company，1920，pp. 174 – 181。

28∶1—11）

文字倾泻而出，一个接一个、一行接一行，倘若不仔细识别，我们就只能看到文字而无法碰触由文字捕捉和凝固下来的奥秘——在文字当中隐藏的人的整个境遇。

诗歌开头描画的是人，启首两句却关于物。这些物本为隐藏之物，隐藏在石头中、在地底深处的黑暗之中，这些后来被命名为金银铜铁的物本与大地融为一体而非单独存在。但是人有办法，“人为黑暗定界限，查究幽暗阴翳的石头”。人常将自己所不知的、光尚未照入之地称为“黑暗”，欲求为之“定界限”，驱除自己所不知的，令其成为被知的。人用的“光”即人的理性、认识、能力、办法。在希腊人那里，普罗米修斯从天上盗窃下来给人的不正是这理性的、能照亮一切的“火种”吗？据说人才有了种种驱除黑暗的本事。

人将物从不知的黑暗中辨识出来，界定其特征，命名为金银铜铁，其所藏之处亦得名矿方地石。因为人的辨识，这些物脱离了原先所融的“黑暗不明”，成为被显露之物、被规定之物、被命名之物。

其他物亦皆如此，为人所辨识、规定、命名，加诸各种含义。例如“地”，“能出粮食，地内好像被火翻起来。地中的石头有蓝宝石，并有金沙”。地本无名、无差异、无规定性，人用那些加以辨识的手段——炼、熔、挖、查、刨、凿——那些“火”——将地弄个天翻地覆，它就有了“能出

粮食”、藏着“蓝宝石”和“金子”的特性，粮食、蓝宝石、金子因与人相关而成为“地”的一种属性，“地”作为一个名字被辨识出来而具有了被规定性和属性。原本无名、无属性之地被各个物性分割、据有，成为与人相关之“地”。

因为显露，世界被划分；因为显露和划分而成边界，而有道路。人聪明厉害，能“凿开坚石，倾倒山根”“凿出水道”“看见宝物”，这些辨识的本领是真正的“道路”，它引导人进入黑暗之地，采用种种手段，挖出种种通道。只有人有这个本事，其他生物包括鸷鸟中最犀利之鹰与野兽中最猛烈之狮子既未曾“见过”，也未曾“行过”此“道”。

所以，在智慧诗的开头部分我们首先碰到的就是对物、名、人之关系的呈现，好似在赞颂人的聪明。但是，诗歌第二部分却紧接着问：

> 然而，智慧有何处可寻？聪明之处在哪里呢？（《伯》28:12）
>
> 答说：
>
> 智慧的价值无人能知，在活人之地也无处可寻。
>
> 深渊说：不在我内；沧海说：不在我中。
>
> 智慧非用黄金可得，也不能平白银为它的价值。
>
> 俄斐金和贵重的红玛瑙，并蓝宝石，不足与较量；
>
> 黄金和玻璃不足与比较；精金的器皿不足与兑换；
>
> 珊瑚、水晶都不足论。
>
> 智慧的价值胜过珍珠。

古实的红璧玺不足与比较；精金也不足与较量。

智慧从何处来呢？聪明之处在哪里呢？

是向一切有生命的眼目隐藏，向空中的飞鸟掩蔽。

灭没和死亡说：我们风闻其名。(《伯》28:13—22)

人能通过种种辨识手段将物显露，并以名将物与人联系起来构成人所认识的世界——那么，人将如何去识别、寻找、显露“智慧”？回答直接而否定：“智慧的价值无人能知，在活人之地也无处可寻。”

这是一个自成的问—答。问与答引领着前行的道路，廓清着人与世界之关联，然而其间亦需有听。

智慧的“价值”与“方位”何谓？

所谓的“价值”建立在对物之特征属性的辨识之上，亦建立在随之而来的衡量和比较之上。这些辨识、衡量和比较构成了所谓的寻找。在这“寻找”之下，事物呈现为各个不同的现象，各有所谓特征和方位，一同构成了人所认识的“世界”。人的这个世界即由各种“不同”构成：深渊不同于沧海，黄金、精金、俄斐金皆名为金而各有差别；黄金、白银、玛瑙、珊瑚等宝物彼此相异。

那么在人的这个由其辨识、衡量与比较而呈现“不同”的世界里，该如何辨识衡量比较“智慧”的价值？诗中答道，智慧的价值无人能知，在活人之地也无处可寻，它哪里也不在，无论什么宝物都不能与之相比较。对智慧的这一表述是否定式表述。

当我们说出“智慧”这个声音、这个词的时候，我们欲说的智慧之所指就被这个声音和词限定凝固下来，勉强成了我们平常理解的某个所指。因为这个声音、这个词的样式，在我们这个包含不同的世界中，它就仿佛是有特征、有不同、有差别的；而只要有特征、有不同、有差别，就可以被寻找、被界定、被认识，也就总有一天能够被找到、被界定、被认识。这是“有”的世界的特性，这个世界能够被人的理性所划分和界定。这个世界就是人的理性和认识本身。

“智慧诗”却以否定式来表述“智慧”的价值和方位。除了这个词的样式和声音，智慧并不在人的“有”的世界界限内，它不具有人能赋予的特征、属性、差别，不是某个具体之物，不在哪个具体之处，不具有哪一类具体价值，所以人不能够找到它，亦不能够衡量、比较它。在人认识的这个世界里，它不能被直接找到，不能被直接比较，不能被直接显露，它的价值和方位只能以否定式存在——否定式正是它“隐藏”的方式。

而生命的“眼目”则趋于肯定式。看到的和被看到的都得到“确认”，构成那个“有”的方式：我在、我有，它在、它有，等等。因为此有，才有不同、有差别、有比较、有价值的衡量。智慧隐遁在否定式表述中，它不属于此有之内，它“向一切有生命的眼目隐藏”，它在人间存留的只是那个空空的声响与词样。对这个无具体所指的、隐遁的词，人只能以重重否定的方式来接近它、倾听它，就要有倾听的“耳朵”。

因而在万象呈现的人间，只有灭没和死亡“风闻”智慧之名。灭没和死亡是生命的终结，是“有”的世界的终点，联结着消失、没有与无，亦即基于个体生命的某种否定。但即使灭没和死亡本身亦不能直接通达智慧，而只是“风闻其名”——家破人亡、备受试探、满身毒疮的约伯正是在死亡、否定和空无之地上曾经“风闻”了神。

（二）敬畏主就是智慧

在智慧诗的最后部分，诗人总结道：

> 神明白智慧的道路，晓得智慧的所在。
>
> 因他鉴察直到地极，遍观普天之下……
>
> 那时他看见智慧，而且述说；他坚定，并且查究。
>
> 他对人说：敬畏主就是智慧；远离恶便是聪明。（《伯》28:23—28）

长期以来，对这部分所阐述的“智慧”含义的理解与争议可谓多矣。一种平常的理解是：智慧是人无法找到的，只有神知道此智慧，因他是天下之主。在这类理解中，篇中所涉之“智慧”要么被视为人无法企及的某种神秘实体，如哈伯所释，“诗人没有把‘智慧’描绘成神的一个永恒固有属性，而将她描绘成一个神自己试图发现并获得的无价

形象”[①]。要么是超出人的理解范围之外的神圣“不可知”，如戈蒂斯对此所释，“世界对人来说是一个奥秘，人将永远无法参透上帝用以创造和支配宇宙的那种神圣智慧”[②]。

“有”的世界是那个向人显露的世界，那个被赋名、被规定、被划分的世界。人以其理性划分并辨识着这个世界，令物从黑暗中显露并随之铺设道路，然这些道路并非本真，乃物物之间的路图，它们皆因名而存有，并将人的生命引至因名而在的种种显露之物，令人迷失于存有的世界之中。

智慧不在这个“有”的世界里，或者说，在人以理性探察、命名的这个世界里，智慧以否定的方式“隐藏”了自己。人只有在生命的边界、在生与死这个底层问题上才可能听说它，而没有别的道路——那种类似于为挖掘地底矿藏而铺排铺设的条条道路——可以通往它。智慧并非可挖掘、可显露的矿藏，无须于深渊或沧海中搜寻而得。

与“智慧”直接相连的是神，他看见、述说、坚定、查究它，并对人谆谆诫命“敬畏主就是智慧，远离恶便是聪明”——智慧直接地蕴含于对人与神的关系的理解当中，亦是蕴含于对生命与神的关系的认识当中，除此而外并无别的

---

① Norman C. Habel, *The Book of Job: A Commentary*, London: SCM Press, 1985, p. 399.

② Robert Gordis, *The Book of Job: Commentary, New Translation, and Special Studies*, New York: The Jewish Theological Seminary of America, 1978, p. 298. 论者常将“智慧颂诗”中的“智慧”含义与《圣经·旧约》其他各篇如《申命记》《箴言》中的“智慧”描述相参照，鉴于《圣经·旧约》各篇作者、成书年代不一且多有争议，本章仅就《约伯记》文本自身来探讨“智慧”之义。

可显露的智慧。智慧蕴含于这唯一的道路当中，这条道路从人的生命出发抵达了神，神则在人的生命的那一端完完全全地容纳着人，人的生命、人的生与死所通往的由此才非全然的灭没、死亡或全无，而是通往神。“敬畏神”“远离恶”为人之生命与神相属相涉的关系，它指涉着这一关系；神的诫命是对人应持留于与神之关系的诫命，是对人的生命道路方向的诫命。

因而这则智慧诗教诲了人如何认识自己的认识、如何认识自身的理性、如何认识人以其理性所构筑的这个世界。智慧不依名与物而在，它在“有”的边缘、在生命的边缘，在与神的关系之中。而生命与神的直接关联，亦即与神之“相遇”。这一“相遇”远离了人之理性分辨、将物显露的“聪明”，在与神的本真关系中相成合得。

所以说智慧诗恰如歌队，在论辩的紧要处提醒人们：对人的生命与属神之义的考量，不应从生命的“有”的得失出发，而应从对自身的理性与认识的反省出发，才能抵达对人与神之关系的真正认识。而在古希腊人那里，如在索福克勒斯的《安提戈涅》的“第一合唱歌”里，我们亦能听到对人自身理性的这种辨识与提示，二者的相参能令我们更深地理解在古希腊人和古犹太人那里，对于人的理性和智识之理解的种种相似之处。

这一提醒亦令我们随后警惕以利法发言中包含的关于理性的隐秘因素。人的理性和智识正是人最难认识与解释之处。

(三)谁的灵从你而出

在现今常见的《圣经》版本中,“智慧颂诗”后紧接着约伯的再次陈述,之后却突然冒出以利户的长篇发言[1]。以利户的发言充满了理性的判断和推测,亦充满了理性的“血气”和“激情”,而我们则可以将之视为对“智慧”之义的补充和进一步说明。

他一发言即质问:

> 我年轻,你们老迈;因此我退让,不敢向你们陈说我的意见。
>
> 我说,年老的当先说话;寿高的当以智慧教训人。
>
> 但在人里面有灵;全能者的气使人有聪明。
>
> 尊贵的不都有智慧;寿高的不都能明白公平。
>
> 因此我说,你们要听我言,我也要陈说我的意见。(《伯》32:6—10)

理性是如此的年轻气盛,常充满了自傲的激情。而以利法将倚靠什么样的聪明和智慧来“教训”别人(《伯》33:31—33)呢?

---

① 以利法的发言在原创性或与全篇的关联上亦长期饱含争议,如 Gordis 所述:包括智慧诗(《伯》28)和以利法发言在内的 6 章(《伯》32—37)“被一些学者认为是后来的正统神学家植入的”(p. 546),参见 Robert Gordis, *The Book of Job*: *Commentary*, *New Translation*, *and Special Studies*, New York: The Jewish Theological Seminary of America, 1978, pp. 546 – 550。

“你们明理的人要听我的话。神断不致行恶；全能者断不致作孽。他必按人所做的报应人，使各人照所行的得报。”（《伯》34：10—11）人认知神的方式之一即将神作为理性的认知对象去假设、推测、判断进而得出结论。以利户理解的神是处于理性逻辑关系中的神，“谁派他治理地，安定全世界呢？”（《伯》34：13）这样问的时候，神即被人之理性从生命中割离出来，被理性审视、判断和选择。

既然神按理出牌，信仰即成为人的理性和逻辑的“选择”：“我们当选择何为是”，“知道何为善”（《伯》34：4）。倘若人与神之关系并非那唯一的生命相属相涉之关联，而是“多样”选择中之一种，人的生命道路就难以避免走向空无之境。“若听从事奉他，就必度日亨通，历年福乐；若不听从，就要被刀杀灭，无知无识而死。”（《伯》36：11—12）“选择”通往的是偶然和不确定，亦即那个“无”；理性之筛选令神与人两厢隔绝，彼此皆为空无。

人的盲目自傲有种种，常“仿佛神”，“你们为什么仿佛神逼迫我，吃我的肉还以为不足呢？”（《伯》19：22）约伯向朋友们问道。以利法亦如此。以利法以其理性和智慧为傲，“明理的人要听我的话”（《伯》34：10），不仅欲教人以智慧（《伯》33：33），亦急于“我有话为神说”（《伯》36：2）。“我为神说”占有神之名，亦是“仿佛神”的僭越。

人有种种僭越之举，以理性冒犯神是其中最隐秘亦是最源远流长之一种，而千年之后，在尼采、陀思妥耶夫斯基等人那里我们则清晰地听到他们对这样的“选择”与以理性冒犯神的愤怒哀号。

但是，约伯前次仅一个问句即戳破了这种种僭越之“仿佛”。他问：

> 你向谁发出言语来？谁的灵从你而出？（《伯》26:4）

约伯问的是：你们在说话，但你们言语的依靠与源泉是什么？

约伯与其友及以利法从不同地点出发，抵达了信仰的不同之处。对约伯的道路来说，“认识神”与“认识自己”是紧紧相合的：欲认识自己须认识神，欲认识神亦须认识自己；认识自己与认识神是同一亦是合一。在精神和信仰里没有所谓的多种“选择”，只有“一”与“全”，相遇即是“一”与“全”之合得相成。

正是在这整个的分离、相遇与合一的过程中，人的生命才充满了本质的恐惧与热情，并转换成那个探及伟大的召唤：“唯愿有一位肯听我！看哪，在这里有我所画的押，愿全能者回答我！”（《伯》31:35）

亦是在这样的过程中，人的询问与其生命道路、生命归属才紧紧结合在了一起，并将得到那个充满希望的回答——在这样的过程里，上帝之圣名本身就已是一个庄严的回答。①

（四）"认识"与"解释"

也许应追问：坐在炉灰里拿瓦片刮疮、苦苦哀诉的约伯为何突然发出镌刻立言的誓愿："惟愿我的言语现在写上，都记录在书上；用铁笔镌刻，用铅灌在磐石上，直存到永远。"（《伯》19:23）

声音能直接作用于人的情感并引发反应，恰如歌声能拨动"心弦"；但声音发出来的同时也意味着它们的消散，就有了文字。从声音到文字是一个越发抽象的理性运作过程，在这个过程中，"说"脱离了声音的感官环境，失去了高低、强弱、音色等能直接作用于人的情感的声音特质，被文字捕

---

① 现代圣经学者研究认为上帝之四字神名（Tetragrammaton，由希伯来语辅音构成，有多种拉丁化转写如 JHVH，YHWH 等）可能拼为 YAHWEH（中文译为"雅威"）。然而，"（YAHWEH）名字的含义是未知的。支持某些含义的论据大部分从语法中来"（D. N. Freedmaned.，*The Anchor Bible Dictionary*，New York：Doubleday，1992，p. 1011）。对于四字神名的具体含义，学者们难以达成一致意见。上帝之名的含义见于《出埃及记》第 3 章，上帝向摩西解释自己的名字，这个解释的意义和翻译一直存有不同，现在较为流行的英文圣经版本将之译为"I AM WHO I AM"，"I AM has sent me to you"（New International Version），或有注本译为"I AM the One Who Always Is"（John Isaac Durham，*Exodus*，Word Biblical Commentary V. 3，Waco & Texas，1987，p. 35）等不一而足。中文《圣经》现代标点合和本将此句译为"我是自有永有的"，"那自有的打发我到你们这里来"。对于 Yahweh 之名的历史溯源及释义阐释，可参考"The Covenant Name，Yahweh"一文，G. A. Buttrick［et al.］ed.，*The Interpreter's Dictionary of the Bible：An Illustrated Encyclopedia*，New York & Nashville：Abingdon Press，1962，pp. 409 -411。在中文里 Yahweh 的含义一般被解释为"在、有、自有永有"等，参见圣经神学辞典编译委员会《圣经神学辞典》，台湾光启出版社 1978 年版，第 29—30 页。

捉和凝固下来，变成纯粹的理性结晶——在这个捕捉和凝固的过程中，人的整个境遇也被捕捉并凝固下来，隐藏在了文字之间，亦是隐藏在人的理性之下。

文字隐藏着人的整个存在。约伯从直接的诉苦言说到欲以铁笔刻言、以铅浇灌，是一个欲把自己的整个状态和境遇凝固下来的过程——这意味着在某块刻言灌铅的磐石上，他的生命和境遇不再是流动的展开，而是一个凝固的过程，或者一个结论。而当我们去读这些文字的时候，需要做的就是将之“解冻”或“还原”，一般通过认识与解释来进行。

认识与解释的举动首先意味着对文字进行识别。文字倾泻而出，倘若没有识别这样的举措，我们就只能以眼目看到文字，而无法碰触到文字凝固、隐藏的人的整个境遇。

然而我们依据什么去识别？尘世间万事万物仿佛各个不同，然一切都处于与人的关系之中，“人”是所有关系网络的出发点。因而识别的关键在于对“关系”的识别，这个“关系”将人通过认识与世界联系起来：人如何认识世界，即构成人与世界的关系，这个世界因为被人认识，就按照人认识的那样成了这个世界。这样的“识别”即分离，它依据对关系的认识而进行，并且始终持留在关系之中。因此，这里说的认识与解释的第一层即为去识别事物与人相关的关系，正如“智慧颂诗”第一部分所呈现的那样。

所谓的“世界”即为人认识到的最大边界。万事万物原本悄然运行，无所谓显露与否，无所谓形貌特征，是人的理性认识令它们不断向人显露，从而与人形成某种关联。它们向人显露的，即所谓的形貌、特征、差别等并非属于它们自身的纯然自性，而是人以理性探察时它们向人呈现的现象，从根本来说，这些“显露”即为人以理性探察的结果。透过感知到的纷繁现象去掌握“本质”，是人类理性的最大野心。

也就是说，真正的“识别”包含两个层次的意思。其一，事物向人的认识显现的特征恰是人的理性探察的结果，没有人的理性探察就没有这些显现和差别，也就没有所谓的特征。其二，既然事物的所谓特征是理性认识的结果，要获得对它们的根本认识，必然需要对人自身的理性加以“认识”。

因而，“认识你自己”的诫命包含着对自身的“识别”，即认识自身、认识自身的理性。包括人在内的事物特征和差别是人以理性和认识进行探察的结果，是向人的理性和认识所呈现的现象；“认识自己”即是将自身作为一个被显露的现象那样去认识，这种认识的本质就是认识人的理性自身。也就是说，真正的认识需要理解人的理性运作过程，理解人目所见的“有”之世界恰建立在人以理性加以识别之后的现象性显露。与此同时，这样的“认识”亦即为无尽的分离与去除过程。

人于空有和黑暗中令物显露，并随之铺设道路，然这些道路并非本真，乃是物物之间的路图，它们皆因名而存有，并将人的生命引至因名而在的种种显露之物，令人迷失于存

有的世界之中，亦是迷失于全无之中。智慧并非可挖掘、可显露的矿藏，无须于深渊或沧海中搜寻而得。“智慧”就是道路本身，这条道路从人的生命出发抵达了神，它不依名与物而在，不因名与物而存有，它不在人的有的世界之内，然亦非全无。约伯或他人，正是通过无尽的分离过程，才终得以在理性的尽头领受与“智慧”相关联的“相遇”，并因“相遇”而最终“合一”。这里所说的认识和解释的第二层即为“相遇”与“合一”。

“认识”与“解释”能够通达的包括分离、相遇与合一。约伯的命运所展示的正是这整个的分离、相遇与合一的过程，这一过程呈现了人与神的本真关系；认识自己包括认识神，认识神亦包括认识自己，对此本真关系的认识即“智慧”，亦即与神之“相遇”，人的种种探询与其生命道路、生命归属由此亦紧紧地结合在了一起。在《圣经》启示的人类世界中，因有这相遇与合一，人的生命才有了光辉，才不至于堕入那将败坏一切光亮、一切希望的虚空深渊。人的走是走在这样的道路上，人的生命热情是这样一种热情。

这样，经过种种岔路，经过“智慧诗”之咏唱，我们听到了《圣经》启示的那种智慧。伊甸园里的亚当和夏娃因偷吃知识之果而被迫离开天堂、跌落大地，理性是人从天堂失落的根源，亦是人在大地上存在并流宕的起源，但真正的理性却是对“智慧”的最终领受。此亦正如俄狄浦斯的道路展现的那样。从理性的自恃到对理性的自识，从“认识你自己”到“认识神”，人经由这条道路自天堂跌落大地，亦将经由这条道路重新认识自身并与神“相遇”；理性为人类在大地上的存有以及最终的超越与返回构造出一条完完整整的道路。

真正的“认识”与“解释”正是如此，令我们得以识别、分离眼目所见变化万千的现象，去碰触文字凝固、隐藏的人的整个境遇。

第三节　何为相遇

一　个体、信仰及其理性根基

通过对俄狄浦斯和约伯道路的阐释，我们尽可能地向西方文明的历史深处探照，试图在古希腊和古希伯来那里寻觅活水之源头，亦试图看清自己站立之处以及所走道路的方向。① 对西方文明源头的追溯不仅仅是为了在精神上从西方古典文化中获得滋养，亦意味着对现今站立的古今中西交会

---

① 将俄狄浦斯与约伯之命运进行比较阐述并非罕见，如吉拉尔曾在《约伯：民众的牺牲品》一书中围绕“替罪羊”概念阐述二者命运之不同，参见 René Girard, *Job, the Victim of His People*, translated by Yvonne Freccero, London: Athlone Press, 1987, pp. 33 – 40。

杂乱的状态进行相类似的“分离”，以期达到某种“合一”。

在西方古典文化的开始之处，人对自身的理性就已充满了警惕与自省。无论是在古希腊的索福克勒斯那里还是在古希伯来的圣经中，对人之在世的描述同时包含着“认识自己”和“认识神”的双重诫命：“认识自己”和“认识神”既是分离，亦是合一的，理性同为二者成形的基础。

理性是人认识自己的途径及方法。俄狄浦斯命运的展开过程亦是理性的辨识过程，是他将自己作为个体从人所认识的世界之存有的虚相中剥离出来并最终确立的过程，也是个体通过理性完成自身之净化的过程；与俄狄浦斯相似，约伯亦经过了种种否定性的净化自身的痛苦历练。与此同时，在“认识你自己”的道路上，人的自识之理性则与“认识神”需要的那种“智慧”密不可分：《约伯记》通过“智慧颂诗”将二者的同一性呈现为明明白白的启示，在俄狄浦斯那里则体现为他不得不通过刺瞎双目之后去走的那条道路。俄狄浦斯和约伯的道路是分别的，亦是相同与合一的。由此我们看到，在古希腊和古希伯来的源头处，“理性”已构成了个体和信仰的基石。

人用以理解世界、确定自身的特定方式是他的理性，关于个体的观念正建立在“理性”这块基石之上；个体观念是在理性的发展中逐渐地亦是必然地形成。“认识你自己”包括认识自身的理性和认识，认识自己能知的与不能知的，认识这个存有世界的种种差异边界恰是由人的理性划定；这个认识过程亦成了个体的成长过程。

每一个人都处于生命之流中，然而并非每一种生命样态都可称为那个个体性的“我”。正如同约伯行进的那样，这个人需要经过层层的分离，需要自己否定自己、重新认识自己并最终得以认识自身与信仰或光明之关联。这个被认识的、被确认的、建立在关联之上的自身才是那个“个体”，而非隔绝的、无关系的单个。在关于“个体”和“我”的最深入的认识中，亦是在理性的最深处，这个“个体”始终与整全、与信仰相联系——因为并且只有持留在这个联系中，这个被呼为“我”的个体才得以真正成立。① 没有单独的一，只有处于整全当中被容纳的那个一；处于关系中的我才是那真正的“一”。因有这个“一”，才成相遇，若非如此，神与何“相遇”？

由此我们看到，在西方文明的源头中，“认识自己”同时也意味着“认识神”，这构成了理性的双重任务。不管是“个体”还是“信仰”的观念，二者的发展与成形都建立在理性的基础上，都必经过理性的充分发展这一环节。而我们仔细地梳理这一点，是想更深入地理解我们作为现代人所处

① 与“个体”相对应的英文词汇“individual”源自6世纪的拉丁词individuus及中世纪时的individualis，意思是“不可分割的”。在中世纪神学论述中，individualis与individual这两个词指的是“实质上的不可分割性”，尤其在讨论到“三位一体”（Trinity）的整体性时；这种意涵的普遍用法持续到17世纪。参见［英］雷蒙·威廉斯《关键词：文化与社会的词汇》（刘建基译，生活·读书·新知三联书店2005年版，第231—236页）及《牛津英语词源字典》相关词条（*The Oxford Dictionary of English Etymology*，New York：Oxford University Press，1982）。

的这个时代，更深入地理解这个时代的理性特征以及当我们理解自身理性时可能产生的偏颇之处。

二　现代性的品质与精神“相遇”

西方文明在近代所取得的独特成就，表面上看是以科学技术为基础的物质上的力量和胜利，实际上是一种精神上的力量和胜利，即在理性的发展过程中将人作为个体独立出来并同时以理性和个体二者为基础改变世界的那种精神。约伯和俄狄浦斯的道路不仅仅是西方文明在古代走过的道路，亦是我们这些现代人正在走，也必将走的道路，也就是说，正如同他们一样，从古代到现代，人类在其间经过了条条种种的理性“岔道”。

西方现代社会建立在理性的基础上，亦是建立在个体的基础上，许多思想家对此已有深刻阐述，如马克斯·韦伯。在其论述中，韦伯对那种“个人（个体）主义的资本主义经济”的理性化特征进行了大量说明，并且认为，“资本主义精神的发展完全可以理解为理性主义整体发展的一部分，而且可以从理性主义对于生活基本问题的根本立场中演绎出来”。① 他的论述提醒人们，理性、信仰与个体相互纠缠成长的过程多么深地渗透于西方“现代性”的品

① ［德］马克斯·韦伯：《新教伦理与资本主义精神》，于晓等译，生活·读书·新知三联书店1987年版，第56页。

质当中。

资本主义现代化的动力来源于人的理性的物质化发展以及科学技术的飞速发展，但究其根底，其承载物仍然是现代社会中人的“个体”这个观念。现代社会及现代民族国家的结构建立在被称为“个体”的社会单位和法理单位上，对这一单位的确认则依靠人的理性。“理性”与“个体”二者不仅仅是观念，在某种程度上它们亦可被视为现代社会的某种默认的信仰，其他一切则可被视为由此而出的关联概念：那些被视为各个单独实体的“民族”“族群”乃至“民族国家”正是“个体”观念的衍化与扩展，那些制约性观念如法律或伦理观念亦因二者而彼此相连。然而，正如我们在俄狄浦斯王和《约伯记》那里看到的，所谓的理性与个体观念却并非纯粹的现代产物，而是来自上古，而二者从一开始就不是单独的、封闭的，理性、个体与信仰构成的三者关联令它们在相互的冲突中相连相衡。

对三者进行仔细梳理与审查之后即可发现，西方现代社会对于人的幸福的理念、对于好的社会的构想，包括自由民主的政治、法律以及伦理观念，正建立在理性、信仰与个体三者观念和合的基础之上，然而，将它们各自封闭、僵化、隔绝起来，也正是人之理性所走的岔道。

现代社会的理性化进程也意味着人的理性的外化与物质化，它将“认识自己”和“认识神”割裂开来，人的理性因此成为一个固化的、仿佛能够独立的实体，这个实体正形同

“金银铜铁”从地而出，被人所挖掘显露，从而失去了本有的与世界的整体关联。现代人的“自我”正建立在理性的固化和实体性虚设之上，现代人及其社会完全相信并依靠自己的理性，人对自身理性的信仰取代了对神的信仰；与此同时，对神的信仰则不得不经过理性的过滤和筛选，信仰的个体性与内在化由此越发显明，日益成为个体理性的某种“自由选择”。在现代社会里，理性、信仰与个体三者不再是紧密一体，而是各个封闭与单独。

对三者之间那封闭和单独的状态，现代宗教哲学家马丁·布伯（Martin Buber）在其著作《我与你》中进行过深入描述。在该书中，布伯将人与上帝和世界的关系分为两种，即“我—它”关系和“我—你”关系，二者构成了人与世界的双重性。人与世界的“我—它”关系将世界客体化从而以此统治着经验世界，而在此关联中，“我”与世界相互隔绝，“我”亦不复存在；“我—你”关系则创造出关系世界，这一关系世界则是相互交融、直接无间的。[①] 马丁·布伯对人与世界的“我—它”“我—你”的两重性区分不仅是对宗教的现代性解释，还体现出一种恢复性努力，这一努力试图重新解释并重新建设现代社会那由宗教、信仰、理性与个体交错织就的根基。

对上述这一点，另一位思想家保罗·蒂利希（Paul Tilli-

---

① 参见［德］马丁·布伯《我与你》，陈维纲译，生活·读书·新知三联书店1986年版。

ch）则是这样理解的，他说："布伯将'我—你'关系和'我—它'关系加以区别，这个区分包含着存在主义的主要问题，即怎样成为'我'而不是'它'，怎样成为人而不是物，怎样成为自由的而不是被限定的。在现代存在主义思潮出现以前很久，布伯就依靠预言性宗教的力量在根本上提出并回答了这些问题：除了遇到一个'你'并承认这个'你'之外，没有办法成为一个'我'。"① 亦是在对理性、信仰与个体之整体关系的理解上，蒂利希提出了宗教哲学的两种类型，这两种类型与布伯对人与世界的二重性关系的理解方向相似，蒂利希认为，"可以区分接近上帝的两种方式：一是弥合分裂，一是陌路相逢。在第一种方式中，当人发现了上帝时，也就发现了自己。他发现了某种与他自身等同的东西，尽管这种东西无限地超越于他。……在第二种方式中，当人跟上帝照面时，他只是碰见了一个'陌路人'。照面是偶然发生的，从根本上讲，人与上帝彼此之间没有依属关系"②。在布伯和蒂利希所述的二重性或两种类型里，并不包含所谓的"自由选择"；在整体性的关系与关联里，从来都是那种"非此即彼"。

人发展自身的理性继而制约自身的理性并在二者的交替冲突中获得某种暂时的平衡，这整个结构不仅是现代人的具

① ［德］保罗·蒂利希：《文化神学》，陈新权等译，《蒂利希选集》（上），上海三联书店1999年版，第532页。

② 同上书，第384页。

体结构，同时构成了现代社会及其伦理观念的背景。当现代社会全然建立在与外界相对隔绝的理性与个体的根基上时，日益显现出仿佛能够自行发展实则难以控制的局面，现代社会的伦理观念则试图对二者加以制约并由此保障现代社会生活的美好的程度，但是，现代社会的伦理观念正是从现代社会的结构中提取而来，也必将受到这一结构的种种限制而难免与其最初关于善好的理念背道而驰。无论是布伯还是蒂利希，在他们对宗教和哲学的阐述中都包含着对理性、个体、精神、信仰与现代社会之间那种种僵化关系、僵化结构的重新理解，都试图在现代社会日益成问题的固化的理性根基中重新浇筑宗教的精神力量。

理性、信仰与个体的相互隔离以及由此产生的政治、法律乃至宗教冲突也许正是现代社会的最矛盾之处。现代社会的“多元”特征是社会理性化的结果之一，亦是理性固化的结果之一。当一个个体或个体性群体从社会内部被转化到外部时，当它们被编织进一个相当程序化及理性化的网络中时，它们往往被视为“多元”之一，但是在这个多元网络中，其本质已发生了根本转变，它们成了各个隔绝的单一，这种隔绝不仅是它们与原先所属整体的关联的断绝，亦是它们彼此之间的真正隔绝；这个网络由看似多元的各部件结构而成，其最初功能是避免冲突，减少各部件之间的矛盾与冲突，最终却将组成网络的各部件固化下来，同时把内中包含的各种冲突和斗争固化下来，成为难以化解的矛盾。一个所谓的“个体”如此，一个所谓的“族群”或“民族”如此，一个所谓的“民族文化”乃至“民族国家”亦如此。这些由于隔离和固化产生的矛盾正是现代社会面临的矛盾，也是努力将自身融入或改造为现代社会的中国社会正在面对的矛盾。

人与社会相互关联作用。社会是人的外在化产物，社会的结构即是人与人的结构方式，与此同时人亦是社会的产物，虽然每一具体社会的内化与外化程度都不相同，每一个人却都是他那个时代及他所处的那个社会的内化缩影。在西方现代社会中，无论是社会还是个人都具有高度的理性化、物质化和结构化特征，在这种社会构成中，人的社会化程度越来越高，而人自身的存在则越来越失落于其中，这一点往往被称为“异化”。

异化是一种颠倒的意识，当中首先包含着某种相互隔绝的区分，因此区分而显现出相互关联而彼此隔绝的双重性颠倒：人或以外在世界及其结构为真有，执于外在物质世界，其自身则为外在之有所取代，关于自身即成空无；人或以自我为真有，执于某种固化的自我及其主体意识，并以自我之有涵盖其余，亦令外在世界成虚假之空无。然而实际上所谓的主体意识并非自生命本身自然生发而出，乃是外在世界在其内的投影，是社会结构在个人意识内部的颠倒转换；外在世界的结构越深密，内化的主体意识则越倔强。当人、物截然两分彼此隔绝时，人之役物也正是

物之役人。

“先发展你们自己，当你们得到了东西后，就离开它，跟我走。”① 当法国天主教神父德日进（Pierre Teilhard de Chardin，1881—1955）将现代基督徒的使命总结为基督的这几句话时，是尤为意味深长的。

德日进不仅是天主教耶稣会教士，还是法国科学院院士、古人类学家、古生物学家以及地质学家——一位科学家和思想家②。这位从事科学工作的神父珍视理性，热爱科学，对信仰忠贞不渝，在他身上我们可以看到理性、信仰、个体这三者的一种新结合。在现代基督徒的克己与发展、执着与超脱两个层面上，德日进对基督徒的这一“总结”对人的理性（以及科学技术）、信仰和个体三者间的矛盾提出了自己的理解，即一种精神发展三部曲：首先认识并发展自身，这意味着人的理性的发展、意识的完善以及建立在这一基础上的外在世界物质性的充分发展，并由此而“得到东西”；其次则是“离开它”，这一发展与建设也意味着随后的离开和放弃；最后则是“跟我走”，脱离物质世界趋向精神世界，获得精神性的超越与解脱。③

---

① ［法］德日进：《德日进集》，王海燕编选，上海远东出版社2004年版，第355—357页。

② 德日进曾在中国工作生活了20多年，参与了当时对中国史前文明的研究以及周口店著名的“北京人”的发掘工作。他从考古发现出发，提出关于宇宙、生物、人类、精神逐层进化的观点。他认为世界是进化的，从物质到生命，再到人类和精神，最后将走向上帝之中的统一，即欧米伽点。

③ ［法］德日进：《德日进集》，王海燕编选，上海远东出版社2004年版，第355—357页。

在20世纪上半叶，当科学技术日益显现出它的巨大威力并逐渐成为社会意识形态权威之时，作为科学家和基督思想家的德日进勾勒的这一精神发展进程为解决人与物质及现代社会之间的僵化关系提出了看似崭新实际上却是人类一以贯之的古老理解。而这一古老的基督精神发展三部曲与中国思想者梁漱溟在其《东西文化及其哲学》一书中阐述的“人生三路向”命题则构成了某种精神性上的“相遇”：二者首先都肯定了自我、理性、物质、社会等的发展与进步，这些进步道路的最终指向则都是精神性的。在这两位同时代的思考者看来，通过发展自己的理性能力，人类将走向一个越来越广阔的精神性目标。

当梁漱溟试图用他理解的儒家文化来挽救他认为的西方文明的危机时，他对西方文化的理解颇成问题，但以他在那个时代即20世纪初期接触西方文化的初步性程度，他却能敏锐地洞察到西方社会的高度理性化和结构化产生的诸多问题，并尝试通过建设一种全新的儒家方式来着手解决，则具有充沛的前瞻性眼光。他对西方文明“向外用力”“向前要求”的论断①指的正是西方现代社会高度理性化、物质化和结构化的构成特征，亦包括了社会和人二者之间那互成互为、相互纠缠之“异化”问题。

对我们的现时代而言，理性、个体与信仰在古今中西岔

① 梁漱溟：《东西文化及其哲学》，上海世纪出版集团2006年版，第57页。

路口上发生的“相遇”是真正的相遇。这一“相遇”充满了种种内在的矛盾和冲突，表面上这些矛盾和冲突仿佛是中国特有的，仿佛足以令中国原有的理念世界分崩离析，令中国人在精神上无家可归，实际上整个世界都正在面临这些矛盾与冲突，分崩离析与无家可归亦是整个世界所同时面临、同时感受到的。这个世界，无论它被称作古代的或是现代的，无不是人的理性的外在的固化的呈现，因而我们要理解这个世界，就是要理解人自身、理解人自身的理性以及理性和心灵乃至精神的关系。这个世界从来就是那个世界，正如同俄狄浦斯和约伯的道路从来都隐喻着人类必须走的那条道路一样；只有当我们这样去理解世界时，这个世界才不是万象纷呈，仿佛不可捉摸，它从来都只是那同一个世界，它呈现为何种样态取决于我们对它的认识。在人与世界的关系中没有完全实在不变的东西，而是取决于我们对它的认识以及与它的关系，如果我们跟它的关系没有改变，它就不会改变，一旦我们与它的关系发生改变，它亦将随之改变。

所以，我们将回到中国这块土地上来，来看一看我们自己而今的道路与世界的关系。

第三章

梁漱溟的“人生三路向”说

在多处论述中，梁漱溟（1893—1988）曾提到，一生当中占据他头脑的有两个问题，一是中国的问题，一是人生的问题①。他所有的思考都围绕着二者，《东西文化及其哲学》和《中国文化要义》如是，乡村建设理论如是，《人心与人生》亦如是。

人生问题是对人的生命之考量，而中国的问题则是对这个生命所寄之人间世的考量，这是两个前后贯穿的问题，实际上也可以看成是一个意思。在讽刺胡适对孔子的“误读”时，梁漱溟曾说，“大概凡是一个有系统思想的人都只有一

① 梁漱溟：《我对人类心理认识前后转变不同》，《东西文化及其哲学》，上海世纪出版集团2006年版，第222页。直到晚年梁漱溟亦重复强调这一点。参见梁漱溟《这个世界会好吗——梁漱溟晚年口述》，东方出版中心2006年版，第32、305页（艾恺采访，梁漱溟口述）。

个意思，若不只一个，必是他的思想尚无系统，尚未到家”[①]。这话恐怕也可以当作对他自己那“一个意思”的某种认定。在梁漱溟90多年的生命历程里，对自己那“一个意思”，他反反复复地思考、回答了许多遍；不仅如此，他还遵照着“知行合一”的原则把自己的思考和回答转换成了持续多年的乡村建设实践；他的思考、实践与回答凝结成了许许多多意思大致相同的文字，而其中的那个“意思”一直到其晚年都不曾有什么大的变更。

人生的问题、中国的问题，也许是每一个生临这块土地的生命都必须面对的问题。差不多一个世纪过去了，梁漱溟的思考、实践与回答，对我们今天来说意谓为何？而要解决这个“意谓”，我们首先必须在感受上重新回到那个历史时段的中心，才可能体会他在其时代里进行这些思考与实践时的种种选择。但更重要的，我们亦须同时将他从那个时代里分离出来，去体会他的富于洞察力的思考对我们现今而言的意味。每一个时代对生存于这个时代的人早已安立好了种种被其时视为理所当然的预设，这个时代内的人需要多么大的勇气才可能在某种程度上忽视这些预设并且说：我追求的真理必超于时代之限制——梁漱溟的思考里具备着超越时代的勇气和努力；在那些被后人视为超于时代限制的思考中亦都具备这些勇气和努力。

---

① 梁漱溟：《东西文化及其哲学》，上海世纪出版集团2006年版，第117页。

不过，以上论述既包含了关于人的美好构想，亦包含了随之而来的基本矛盾。美好构想在于：人对自身的理性和价值判断能力具有充分的自信；人自信于通过自身的理性和价值判断能力，能够对某种超越时代限制的终极“真理”进行无穷尽追索，从而铺展出人特有的精神历程。

人的理性自信和追索真理的精神历程带来的是美好的希望，但这美好也可能是矛盾重重的：人的自信也许是人的傲慢，人追求的真理也许只是生命的假象。所谓的追索必同时埋伏着这样的矛盾。因而在人类能看到且能想到的解决这类矛盾的方案里总有某种最高裁判的引领或启示，教人不致误入歧途，在基督教是上帝的启示，在佛教则是佛陀的教诲。即使如此，即使一直有某种教诲或启示，人也很难排除对生命的重重疑虑；这疑虑直接源于其理性，源于其特有的对生命的理性感知能力。启示和教诲既是建立在人的精神追求之上，亦是建立在这些疑虑以及对人之理性自信的对峙之上。确信总是暂时的，总是在变动的过程中；不断追求确信的那一过程才永无止境。

而历史进程总会把每一种思考重重包裹在矛盾的笋壳里——每一行文字都必然是论者在其身处的当时、当下呈现的，带着特定的时间与地点交付于之的特征，对于另一时代而言，则也许充满了诸多前后相对的矛盾。本章的行进，将从梁漱溟先生的论述出发，围绕着一些看似纠结的问题而逐次展开。

第一节　“三路向”与“三态度”

1921年，《东西文化及其哲学》出版成书，为年轻的梁漱溟获得巨大声誉。隔着90多年的时间距离，我们读它的感受与当时人定然不同：在那个动荡的时段，晚清的废墟仍历历在目，新民国举步维艰，新文化运动带来了文化启蒙的锐利新风，国内国际满是战乱纷争。如今我们需要想象才能理解，那样的年代酿造出了怎样的人心？

该书在彼时热衷于讨论中西文化的知识分子间引起巨大反响，“一年之内就连续再版了五次，盛况空前”①，既给梁漱溟带来众多的支持者，也引来无数的舌战与争议。这些支持与争议可归结于时年28岁的梁漱溟在书中展示的那些充满锐气和洞察力、富于创建同时亦易引发争论的观点，如人所言，“梁漱溟的著作挑起了‘文化论战’”②。梁漱溟以非凡而敏锐的洞察力对时人热议的“东西文化”的内容和特征进行了界定和说明，这些界定和说明在他其后的系列著作里被反复地补充然大意一直未变。直到今天来看，他的界定和说

---

① 郑大华：《梁漱溟学术思想评传》，北京图书馆出版社1999年版，第37页。

② ［美］艾恺：《最后的儒家》，王宗昱、冀建中译，江苏人民出版社2003年版，第55页。

明仍显露着强烈的、无法被历史掩盖的个人特征。

在该书中，按照当时较为流行的说法，梁漱溟将世界文化分为东方和西方两大支，又将东方文化分为中国文化和印度文化，然后分而阐述如何是西方化，如何是东方化，并对西方文化、印度文化（指佛家）和中国文化（指儒家）进行了三方对比①。现在看来，总体而言，梁漱溟对西方文化的论述显得较为粗疏，以唯识学为切入点对佛家文化的论述则较为个人化，而他对以孔子为代表的儒家文化的阐发在相当个人化的基础上则具有丰沛的前瞻性和洞察力。对此，梁漱溟思想的论者已有相当数量的研究和阐述。②

在梁论中较为引人注目而研究相对较少的论题之一则是他的“人生三路向”说。所谓的“人生三路向”，是他本着佛家的观察方法③——主要指清末复兴的佛教唯识学的方法④，将人类的可能生活分成了三种，而上述三家文化则分别成为这三种生活样态的代表。

---

① 梁漱溟：《东西文化及其哲学》，上海世纪出版集团2006年版，第10—23页。

② 研究梁漱溟思想的主要著作有：《最后的儒家》（［美］艾恺著，王宗昱、冀建中译，江苏人民出版社2003年版）、《梁漱溟学术思想评传》（郑大华著，北京图书馆出版社1999年版）、《梁漱溟与现代新儒学》（郑大华著，台北文津出版社1993年版）、《梁漱溟评传》（景海峰、黎业明著，人民出版社1999年版）、《梁漱溟思想研究》（曹跃明著，天津人民出版社1995年版）等。

③ 梁漱溟说：“我只是本着一点佛家的意思裁量一切，这观察文化的方法，也别无所本，完全是出于佛家思想。”见梁漱溟《东西文化及其哲学》，上海世纪出版集团2006年版，第52页。

④ 梁漱溟对唯识学的认识参见其“印度哲学的情势”“佛教的形而上学方法”，见《东西文化及其哲学》（第81—87页）及其在《印度哲学概论》《唯识述义》等中所述。

第一种是“向前要求”的生活，也即奋斗的态度，遇到问题都是向前去着手以改造局面，使其可以满足人的要求。这是生活的本来路向。西方文化是这种人生态度的代表，“西方化是以意欲向前要求为根本精神的”。

第二种是变换自己的意欲以调和持中，这种态度遇到问题不去要求解决，改造局面，而是在此境地上变换调和自己的意欲以求得满足。这态度随遇而安，中国文化是其代表，“中国文化是以意欲自为调和、持中为其根本精神的”。

第三种是“向后去求”的生活，遇到问题就想根本取消这种问题或要求，既不去改造局面，也不变更调和自己的意欲，只想根本上将此问题取消，这种态度虽然也是应付困难的一个方法，却最违背生活本性。印度文化（指佛教）是其代表，“印度文化是以意欲反身向后要求为其根本精神的”。①

对这三种态度，梁漱溟举了个通俗形象的例子来表达，即面对“屋小而漏”的情况时三者的不同做法。第一种路向即西方人的做法，是要求另换一间房屋——要一个新的、好的；第二种路向的并不想通过奋斗要求另换一间，而是就此境地通过变换自己的想法而得到满足，并且同样觉得过得不错——凑合、将就、随遇而安；第三种路向的，既不去改造奋斗，也不会通过变更自己的意愿来获得满足，而想从根本

① 梁漱溟：《东西文化及其哲学》，上海世纪出版集团2006年版，第57—59页。

上取消人需要住房的要求——从根本上否定人的物质性需求。①

在区分了三种人生态度的基础上，梁漱溟进一步提出“世界文化三期重现说”②。大致的意思是，第一种态度是人类生活本来的态度，近代西方高度发达的物质文明显示了第一种生活样态的成功。人类文化之初都走的第一路向，即向外奋斗求生存，解决自身生存的基本需要，西方文化就是在此路向上不断向前要求奋斗，逐渐征服了自然，创造了物质文明，成就了民主与科学，在近世取得了伟大的成就。而第二、第三种态度在第一种尚未发育完全的情况下就出现了，不待向外奋斗征服自然求得物质生活的充分发展，就中途拐弯，提前走上了第二、第三条道路，都是人类文化的早熟品种，这包括中国和印度文化。而现在，当第一路向走完，第二问题移进，原本不合时宜的中国态度则适逢其会，成为必要，此正为中国文化复兴之时段，此时则不宜提倡第三路向和佛家生活。而在中国式文化复兴之后，第三问题移进，则当是印度化的第三种态度及路向的时段了。③

无论从何种立场出发，对这样的大胆论述都易于挑出得失之处。我们首先欲追问的是：梁论提出的这三种人生态度（或说三种文化路向、生活路向、根本精神等）究竟建基于

① 梁漱溟：《东西文化及其哲学》，上海世纪出版集团2006年版，第57页。
② 同上书，第187页。
③ 同上书，第180—189页。

何种区分方式??

“人生态度”在梁漱溟关于文化路向的阐述中具有根本性意义。在他的另一本著作《中国文化要义》（该书是他早期论述的继续展开）中他说道：“盖人类文化占最大部分的，诚不外那些为人生而有的工具手段、方法技术、组织制度等。但这些虽极占分量，却只居从属地位。居中心而为之主的，是其一种人生态度，是其所有之价值判断。——此即是说，主要还在其人生何所取舍，何所好恶，何是何非，何去何从。这里定了，其他一切莫不随之。不同的文化，要在这里辨其不同。文化之改造，亦重在此，而不在其从属部分。”① 意思是，“人生态度”决定了人生的取舍，也决定了人生的路向及整个文化的路向。在梁所述的“三路向”中，以西方近世文化为代表的第一种人生态度，不断奋斗以满足人的生存需求，人的生存需求首先是物质性的，与人的内心生活相较，是“向前”“向外”的；而印度式的人生态度，是精神生活至上尤其是宗教生活的“畸形”发展，以生活为迷妄，无处不苦，因而其态度不求人生所谓幸福，而求从生活中得完全解脱，是“向后”“向内”的。西式和印度式两种人生态度，恰是两个极端，而中国式人生态度则居于其间，持中调和，以求人生的惬意和情志的自足。

而这三种人生态度恰构成了一条从物质到精神的道路。

---

① 梁漱溟：《中国文化要义》，上海世纪出版集团2005年版，第86页。

人从对物质的追求与征服开始，以满足其生存和繁衍的基本需要，进而在人与人之间求人伦的融洽、情志的惬意自适，其最终趋向则是精神上的自由和解脱。梁漱溟从佛家的观点出发而认为，不管物质多么丰裕，情志如何自得其乐，人生无常之苦无处不在，人最终仍然需要从其不能避免的人生之苦里求精神的解脱。①

因而粗粗看来，这三种人生态度与路向的基本区分方式是，先划分出物质与精神这两个相对的端点，再于其中料取一段，即成“三”。两个端点彼此相对，其本身是相对静止的，其间并不构成运动；中间加上一点，就成了从“一”到“三”，就有了方向、规律和运动。“三”即构成了对方向、规律和运动的一种表达。在这“人生三路向”里很突出的一点就是，它是梁漱溟对人与物质和精神之关系的理解和态度，是对人的物质性和精神性的一种处理方式，无论是三种“态度”、三种“路向”或三种“文化”，都基于他对人的物质性与精神性的理解之上，并构成了关于普遍性的“人”的现象的认识和概说。

从西方的物质文明，到儒家乐而顺受的处世之方，再到佛家的出世与解脱之道，人最终的方向在精神上的出世与解脱——在梁漱溟的论述中，这个“人”实际上指的是人类。梁漱溟认为的“人”首先有物质性的需求，因此应当充分发

---

① 参见梁漱溟关于“宗教之必要”的论述（《东西文化及其哲学》，上海世纪出版集团2006年版，第83—110页）。

展这一需求，在此基础上则继而充分发展人与人之间的融洽关系，但人的生命的最终目的则是精神上的自由和解脱。

以上即为梁漱溟所指“人生路向”或“文化路向”的简说。这条人类的“道路”，实际上是梁漱溟对人的精神发展的理解。在“三路向”或“三态度”的表述中有过程、有方向，所以有前有后、有内有外，但“前、后、内、外”的用语表达的是梁漱溟对人从物质到精神发展的方向和过程的暗示性理解，而非通常意义上的时间与空间的明确观念，亦非严格的历史时段性观念。在梁漱溟论述所本的佛教唯识学里，对时间和空间的理解都是围绕着人的“认识”而言的，时间和空间都是人的“认识”的显现和现行。人的此时是物质世界的“器界”和人的“根身”，所谓“真异熟果”；对这个人来说，器界和根身就是一整个宇宙（每个人都有各自的宇宙，而与他人的宇宙非一），这个宇宙包括自然外界和人的身体，即包括所有外在于此人的意识、精神和内心的东西，梁漱溟称之为“前此的我”或“已成的我”，而将那个精神性的、内心的“我”称为“现在的我”，“所谓生活就是用现在的我对于前此的我之奋斗”①。而相对于这个此时此界生活着的“我”，彼时则是精神的得解脱，即涅槃寂静。

正因为这条道路有着最终的终点——精神上的解脱，梁漱溟才能站在这个终点往回看；也正因为他是从这个精

① 梁漱溟：《东西文化及其哲学》，上海世纪出版集团2006年版，第53—54页。

神的终点往回看，儒家的治世之说才同时包含着佛家的悲悯之心，成为佛家在其精神解脱前的一种“入世”。在梁漱溟对人类道路的构想中包含着佛与儒的混合。其实，不仅仅佛与儒，儒、道、释本就有相通之处，这也正是中国传统文化的特征之一。

所以，虽然梁漱溟一直提倡以儒救世并被人视为“最后的儒家”[①]，他却始终自认为是一个佛教徒，而并不认为其中有何冲突之处。关于这一点，他是这样说的：“我自己承认我是个佛教徒……如果说我是一个儒教徒，我也不否认。……为什么也不否认呢？……我是要行菩萨道，行菩萨道嘛，就‘不舍众生，不住涅槃’，所以我就是要到世间来。”[②]

无论如何，梁漱溟这一关于人类发展的构想是超出了同时代人对中西文化差异那种二分式的僵化对比框架的，所以对我们而言，重要的也许不是从时间或空间观念上去对之进行简单的附和与赞同（在“中国文化复兴论”里可以看到），或排斥与否定（在“全盘西化论”里可以看到），而是继续追问下去：梁漱溟对人类发展的构想于今有怎样的启发？

---

① 艾恺研究梁漱溟的著作即名为“最后的儒家——梁漱溟与中国现代化的两难”。

② 梁漱溟：《这个世界会好吗——梁漱溟晚年口述》，东方出版中心 2006 年版，第 29 页。

第二节　问题与启发

梁漱溟对人类发展路向的理解，不仅仅是一个混合型的“佛教徒”及“儒教徒”对人的理解，还综合了很多时代因素。

首先，作为较显明的一点，梁漱溟对人类发展路向的理解显示出达尔文的进化论对当时中国知识分子观念的影响，具体则体现为那种“发展”的观念；“人生三路向”说正是在“发展”的观念中去确定人的精神性①。另外，对达尔文进化论的普遍接受，却显示出生物进化论与中国传统认知方式和思维方式的某种结合，如《道德经》里“道生一，一生二，二生三，三生万物”之论显现的那种认知方式与思维方式。我们将在后章对此展开阐述。

其次，梁漱溟对“物质文化”或说“物质文明”的接受，并将之视为人类所有文化所本的“第一路向”，也具有那个时代的特定含义，即当西方现代文明在战争的炮火里侵入古老中国的半个多世纪之后，中国的知识分子既被迫接受了“民族国家”的概念，也逐渐接受了现代化及其过程的必

① 后来在《人心与人生》这本书中（写于20世纪六七十年代，出版于80年代），梁漱溟系统地阐述了自己由达尔文的进化论所引发的关于人类生命进化的思考，参见《人心与人生》，《梁漱溟全集》（第三卷），山东人民出版社2005年版。

要性，并将之视为全人类必须接受的共同命运。所以在对人的精神之路进行肯定的同时，梁漱溟亦认为："中国生活在现在的世界上，它不能够违反潮流，它只能往前走，把物质文明发达起来，那是需要的。"[①] 这一方面表现出当时中国知识分子关于"中国"的认识和眼光已经从相对普泛模糊的观念具体到了一个相对确定的"民族国家"的框架里；另一方面，对某些人来说，这种接受又是迟疑和犹豫的。在"人生三路向"的说法里，梁漱溟对现代化的接受即略带隐晦的意味，他将这一"人类共同命运"放入了必将过去的时段内，即所谓的"第一路向"。

然而，与其时代普遍认为的相似，梁论对"西方"和"现代化"的理解与"物质文明"联系得过于紧密，难免带着偏颇。对此他自己也曾提道，"平常人往往喜欢说：西洋文明是物质文明，东方文明是精神文明。这种话自然很浅薄，因为西洋人在精神生活及社会生活方面所成就的很大，绝不只是物质文明而已，而东方人的精神生活也不见得就都好，抑实有不及西洋人之点"。紧接着他却说，"然而却也没有方法否认大家的意思，因为假使东方文化有成就，其所成就的还是在精神方面"。[②] 在梁漱溟的时代，人们还没有足够的时间去理解和考察西方文化的真正底蕴以及酿造出现代西方先进

① 梁漱溟访谈录：《这个世界会好吗——梁漱溟晚年口述》，东方出版中心2006年版，第23页。

② 梁漱溟：《东西文化及其哲学》，上海世纪出版集团2006年版，第70页。

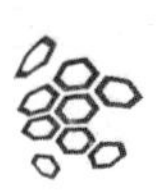

物质文明和文化的真正根基。那个时代的人对所谓“现代化”离得还太远，还太纸上谈兵或画饼充饥，与此同时，由战争与炮火所携而来的“现代化”给中国带来的痛苦却太深刻、太难忘却，令时人难以保持能够进行客观观察和分析的距离。

最后，梁漱溟对人的发展路向的理解表面上看来是中国思想者面对中国问题的思考，我们却可以将之纳入当时因为失败的战争或被殖民的处境而被迫面对现代化的那些国家的知识分子或称知识精英的基本思考中。包括日本、印度乃至非洲诸国在内的知识分子对西方“现代化”的入侵曾存在着某种相对一致的基本态度，这个态度建立在一个基本问题上：在被迫现代化的进程里，在必须接受的物质文明的“未来”里，当如何理解传统文化和传统精神世界？倘若要维持传统精神世界，其可能方式又当如何？当中包含了另外几个有争议的问题，会集着不同时代的诸多讨论。

其一，对这些国家而言，现代化往往是以军事侵略的方式进入的，由于这些国家在战争中落败，出于生存和保国的需要而被迫接受现代化（如魏源在《海国图志》中表达的“师夷长技以制夷”的想法），这种进入方式和接受过程导致了“传统”和“现代”从一开始就存在着紧张和对立。与政治、经济、军事上的“胜利”和“失败”相应，在形势的强烈对比中，“传统”逐渐被视为一种历史时段性的“落后”，一种过去时态，而“现代”则被视为“先进”，一种现在时态和姑且存疑的将来时态。而自欧洲启蒙运动以来，将“传统”“现代”与“落后”“先进”视为一种历史性和社会性范畴，并将这些范畴进行时间性排列的见解见诸历史学、人类学、社会学等学科，流行于18—19世纪，成为对人类及其历史进行剖析的基本范式。

其二，基于上述见解，逐渐形成一种流行的看法，即军事、经济等的失利及随之而来的屈辱，导致这些国家的知识分子产生了文化认同危机，从而逐渐形成某种基于自卑心理的补偿性反应，并由此而宣称在“文化”上或“精神”上（而非“物质文明”上），本国文化及其精神比西方文化甚或更加优越。

这种看法可说是酝酿于对“文化”与“文明”二词之区别的溯源式研究中。例如，伊利亚斯的《文明的进程——文明的社会起源和心理起源的研究》一书即以英法和德国为例，系统地研究了“文化”和“文明”二词的差别及其历史性形成过程，该书认为在18世纪的欧洲政治经济格局中，相对于据有先进“文明”、军事上据有强权的现代民族国家英法而言，德国（日耳曼诸邦）处于分裂和经济欠发达的弱势状态，是相对“落后”和“传统”的，这种格局导致德国的知识分子发起一场文学运动，发展了“文化”这个概念，并将偏于精神性的“文化”（而非物质“文明”）作为德国的“传统”，用以表达德国人的自我想象。①

---

① ［德］伊利亚斯：《文明的进程——文明的社会起源和心理起源的研究》，王佩莉译，生活·读书·新知三联书店1998年版。

在海外汉学家那里，这种基于“文化”与“文明”二者差别之上的观点在20世纪五六十年代逐渐引申为：由于19世纪以来中国必须向西方作大量的文化成品的引借并随之被迫介入现代化进程之内，这种状况对中国知识分子的内心造成强大的心理压力，他们由此形成了自我认同和文化认同的危机。[①] 由于文化认同的危机，中国知识分子对国故与传统进行重新挖掘、整理和宣扬，并认为中国的文化传统和精神比西方物质文明更优越。

但是，更后来的研究者们则逐渐认识到上述看法中包含的种种偏颇之处，如其中隐含的心理决定论和心理还原论，对此，有论者说道，“认为中国寻求文化认同不过是情绪性情意综的表现，这种论调带有‘心理学的还原说’的味道，适足以曲解中国思想危机的主要部分”。[②] 然而，所谓的“曲解”究竟在何处成“曲”？对此我们可以回到历史学的假设上来。历史学对历史的看法总是包含着某种带价值判断的“后见之明”，这是这门学科的价值预设。无论时人是否有足够的察知，每一时代对其时代及前时代总有种种价值预设，这些预设则在历史学这一学科内逐渐形成了某种研究范式，用以研究前时代。所谓的“曲解”

① 这种见解中具代表性的如约瑟夫·列文森（Joseph R. Levenson，或译为勒文森）的作品，参见［美］勒文森《梁启超与中国近代思想》，刘伟、刘丽、姜铁军译，四川人民出版社1986年版；《儒教中国及其现代命运》，郑大华、任菁译，广西师范大学出版社2000年版。

② 张灏：《新儒家与当代中国的思想危机》，封祖盛编《当代新儒家》，生活·读书·新知三联书店1989年版，第56页。

也许正产生于这些不同的价值预设和研究范式的差别之上。

所以随之而来的则包括对自我的省察：那个时代对当时代人的价值预设是什么？这个时代对我们又形成了怎样的价值预设？

其三，19 世纪以来在其他“落后”国家如印度、日本、非洲诸国，又似乎确实发生着某种普遍性反应，这些国家的知识分子对本国特有文化及其特殊精神似乎具有某种普遍性的痴迷和坚持，这种痴迷和坚持见诸甘地、泰戈尔、辨喜、和辻哲郎等人的著作当中——倘若对自身传统文化的坚持不一定源于该国知识分子自卑式心理的补偿性反应，那又源于什么呢？

一条理解的途径是，这是一种普遍的“反现代化”式反应，对这一理解途径，美国学者艾恺进行过集中论述。在其著《世界范围内的反现代化思潮》里，艾恺建立了一个“现代化—反现代化”的二元对立框架，并将这种对立视为具有世界范围的普遍性意义：“现代化”肇始于欧洲的启蒙运动，意味着理性化和效率化过程，在社会物质生活的建设上有显而易见的成效，并具有一种侵略能力；“反现代化”正是一个相当“现代”的现象，它“反”的正是启蒙运动的诸种预设。该书敏锐地察觉到，从一开始，在欧洲内部对于“现代化”诸预设就针锋相对地出现了“反现代化”的思潮，不仅在德国，而且在最早“现代化”的国

家如英法等国的内部，也从一开始就出现了“反现代化”的抗议和声音，如英国的浪漫主义诗人和法国的托克维尔等人所表达的观点；而在其他“落后”地区和国家如俄罗斯、亚洲、非洲诸国以及中东等国，都先后出现了虽略有差别而大体相似的“反现代化”式反应，如梁漱溟和甘地等人都对西方文明、技术、工业等进行了严厉的批评，认为本国传统文化在精神性上优于西方文明的物质性，只不过各人所坚持的精神上优越的“传统文化”人都为其本国所有①。

这一“现代化—反现代化”的二元框架给予我们诸多启发，它使我们一目了然地看到，对肇始于欧洲启蒙运动、现今仍在世界范围内普遍行进着的现代化进程，不仅仅在那些被现代化的军事力量侵入的“落后”国家和地区，也包括在现代化的发源地之欧洲诸国，人们在文化情绪上相对普遍地抱有抗拒和敌意。

意识到“反现代化”的情绪在世界范围内具有普遍性，是站在全球性的政治经济文化格局中来看的，具体到梁漱溟，就是将他和他集中阐述的儒家文化放入了世界范围的框架里，这个框架令研究者的视野更加广阔。同时这个二元框架也提醒我们，现代化进程与人性之所求二者之间的关系包含了各种不易觉察的危险因素：一方面是人性

① 参见［美］艾恺《世界范围内的反现代化思潮》，贵州人民出版社1991年版。

对物质的需求，现代科技令人类的物质需求不断得到满足，亦不断产生新的不满足，人对物的需求在现时代前所未有地发达起来，现今则已膨胀到了危险的地步；与此相应的是另一方面，即反现代化的声音对人类精神堕落的忧心忡忡。不容忽视的是，对精神的需求也是人的基本需求。

从研究者的角度来说，从历史中抽取一些因素从而形成一个逻辑上相对周密齐整的研究框架，是一种吸引人也启发人的做法，类似的框架能够截取历史，做成剖面，便于观察。“现代化—反现代化”的二元对立框架，把相关问题集中在“现代化”和“现代性”的核心之内，这一核心包含了特定历史时段的诸种范畴，也包含了现代思想史中对之的反思，因而这一对立框架有助于我们对“现代化”之利弊的关注与理解。然而，截取并确立这样一个对立框架，则不得不过于集中于某个时间段，而也许忽略了这个时间段在历史中的延续性。

例如，书中列出了世界范围内种种“反现代化”思潮所体现的二分法，如理性与直觉、灵魂与肉体、精神与物质、主观与客观、宗教与世俗、享乐与禁欲等，认为，“在反现代化意理中几乎没有例外地普遍出现一系列的二分概念，这些个二分作为一个整体，构成对反现代立场之精髓的一种描绘。二分的一端代表了论者心所向往的价值，另一边则不是他反对的，就是他痛恨的。后者同时是现代化过程的逻辑结

果，也是所有社会经历任何程度现代化的实际经验结果”①。然而，当这些被视为描绘了“反现代化”立场的种种价值因素中的很大一部分不仅存在于18世纪以来针对启蒙及其理性主义的“反抗”思想当中，也存在于古代希腊、古代中国、古代印度以及古代伊斯兰的思想当中，实际上涉及人类思想史中的种种思考，在人类意识与思维历史中具有普遍性而非仅仅针对“现代”时，“现代化—反现代化”这个时间段和思潮段意味上的容器是否足以容纳这些从人类诞生之始即存在的思想斗争呢？

倘若我们将梁漱溟及其同侪对本国特有文化及精神的坚持、思考与实践放回到历史长河中，便不难察觉到，在滔滔长河的迁流不居中，其坚持、思考与实践可被视为人类历史上恒常的反对理性控制、追求伦理德性、追求精神解脱或超越之类行为的现代延续，只不过因处于现代化进程中，而受到了这一时段一些特殊影响而凸显出现时段的某些特定含义。实际上，他们的行为和特征本身具有的含义，是足以跳出“现代化”和“反现代化”的时间段预设的，也是足以超越他们那个时代的一些预设的。

其四，那么一个思想者是否有可能或者在怎样的程度上可能超越时代确立的层层预设？

在一种更具历史延续性的思考方式中，也就是梁漱溟所

① ［美］艾恺：《世界范围内的反现代化思潮》，贵州人民出版社1991年版，第85页。

试图阐述的人的精神性发展的思考方式中，梁漱溟和其他近代思想者，包括韦伯、托克维尔、马丁·布伯、德日进、保罗·蒂利希等人，就具有了精神性上的关联。所有这些思想家既生活在他们的时代和地域内，接受了他们时代和地域交付给他们的假设，也在某种程度上超越了这些假设。具体到梁漱溟这个例子，并且具体到他的“人生三路向”这个论题，可以说，梁漱溟对“精神”的理解，有可能带着超越于心理还原论式的“文化”和“文明”的区别性见解、超越于衰落国知识分子“自卑式反应”那类见解的东西；这种对“精神”的坚持，可被视为人当具有某种“精神性”的证言，贯穿了人类的整个思想史，是人类思想史的一部分，也许还是最精华的那部分，而非仅仅是近代史的副作用、副产品。

显而易见的是，这样的思考与实践是具有价值判断在其中的，“人生三路向”——这个从物质开始导向于精神解脱的道路本身就基于某种价值判断。它是梁漱溟提供给他那个时代的价值判断，这一价值判断既包含着时代性、个体性因素，亦包含着超越了时代以及个体的因素在里面。正因为当中包含着毫不迟疑的价值判断，也正因为价值判断赋予的那种启示与超越的力量，他才可能被一些人视为那个时代的“圣人”①，而其精神的力量亦同样启发着我们这个时代以及未来。

---

① 例如，艾恺在其著作中从心理学角度称梁漱溟有“救世主”的姿态，并具有“圣贤之梦”。(［美］艾恺：《最后的儒家》，王宗昱、冀建中译，江苏人民出版社2003年版，第39页)

随即而来的问题则是：梁漱溟是如何理解中国传统文化和传统精神世界的，维持这一精神世界的可能方式又是什么？

第三节　梁漱溟的“药方”

在《东西文化及其哲学》一书的末尾，梁漱溟曾开出了对“文化”进行改造的药方：

> 一、排斥印度的态度（佛家），毫不能容留（因为时候未到）；
>
> 二、全盘接受西方文化而根本改过，即要改其态度；
>
> 三、批评地把中国原来态度重新拿出来。①

在该书的开头部分，梁漱溟曾以激烈的态度驳斥了当时“随便持调和论”的诸家，认为不管是最早的学问输入（从明朝时开始的天文学、数学的输入），或是清朝时迫于形势而采纳的军事设备的输入（洋务派），再到清末时政治制度的输入，中国人经过无数失败才一层层地意识到，西方文化并非“一个瓜，我们仅将瓜蔓截断，就可以搬过来”。西洋

① 梁漱溟：《东西文化及其哲学》，上海世纪出版集团2006年版，第189—190页。

的所有这些东西并非凭空来的，而有它们的来源，这来源即是西方的根本文化，“有西方的根本文化，才产生西洋火炮、铁甲、声、光、化、电这些东西；这些东西对于东方从来的文化是不相容的”。[①] 而直到陈独秀等人才发现了西方化的根本所在，即“见到西方化是整个的东西，不能枝枝节节零碎来看”[②]，从而兴起了新文化运动。但是，这样一来，在东西文化的遭遇战里，中国即面临着一个更加紧迫的问题：“中国人是否要将中国化连根的抛弃?”[③]

梁漱溟的回答当然是否定的，不仅如此，他还更进一步地认为“中国化”是世界文化的必要和趋势[④]。也就是说，他首先依据他对现今世界的认识而对世界未来文化之趋向形成一个基本判断，继而认为在中国的传统文化里正好包含着符合世界文化未来趋势的精神内容，这种趋势并非由强迫而至，而是世界自会顺着发展到这一步，所以不仅不应当抛弃中国文化，而且应当批判地将中国本来的态度改一改，再拿出来从精神上引导这个世界。随后，他则据此判断带出了他的“人生三路向”的论题：人类在经过西方式的物质文明之后，将经中国化一途以和谐化育人伦，并在最后走上佛家的精神解脱一途。这基本上是一种预言家的姿态。

而正是在他的这付“药方”中，包含着一个长期以来似

---

① 梁漱溟：《东西文化及其哲学》，上海世纪出版集团2006年版，第13页。

② 同上书，第14页。

③ 同上书，第15页。

④ 同上书，第17页。

乎成定议的争议。

既然如其所说，西方文化是整个的东西，不能枝枝节节零碎地看，不能枝枝节节零碎地搬过来，也不可能于东西两方文化各取其好、调和两偏而得适中，成为一种新的、好的文化①，那么，“全盘接受西方文化而根本改过其态度、批评地把中国原来态度重新拿出来”的说法难道就不是另一种调和，另一种各取其好，另一种枝枝节节零零碎碎搬过来的办法？

在这一点上，梁漱溟的研究者们大多以为他自相矛盾得厉害。例如，有说：“梁漱溟再也不可能逃出他煞费苦心才把自己逼进的那个角落了……虽然这个公式同时允许民族的生存和中国原来文化态度的保留，但它和他的那个由根本态度或意欲方向产生的完整的统一体的文化观念是相矛盾的。”② 又如，有说：“梁漱溟这种‘儒家的人生态度’加‘西方的民主与科学’之‘中体西用’式的模式，是与他的整个文化理论相矛盾的。”③

看来梁漱溟犯了一个逻辑错误，这个逻辑错误令他的结论和他的出发点恰好是自相矛盾的。真的如此简单吗？

既然据梁漱溟自己说，他是根据佛家的唯识学来对知识

---

① 梁漱溟：《东西文化及其哲学》，上海世纪出版集团 2006 年版，第 186—187 页。

② ［美］艾恺：《最后的儒家》，王宗昱、冀建中译，江苏人民出版社 2003 年版，第 86 页。

③ 郑大华：《梁漱溟学术思想评传》，北京图书馆出版社 1999 年版，第 119 页。

（进而思想）进行观察与研究的，他也始终自认为是一个佛教徒，那么我们要去理解他，就要去了解，如果从佛家的角度来看，他开出的这个药方是什么意思。

在梁漱溟列出的药方之三条里，全部都是针对“态度”而言：排斥佛家的态度、接受西方文化而根本改过其态度、批评地把中国原来态度重新拿出来——如前所述，在梁漱溟那里，这个“态度”是指酿成某种人生和文化的根本，决定了人生和文化的路向，是文化之“因”。

文化包含种种“因”和种种“果”：西方近世文化形成了民主、科学等，是由层层“因”所结的层层“果”，这些“果”反过来也会成为“因”而得出另外的“果”；中国传统文化有其“因”，自然有它自己的“果”，而结不出民主科学那些“果”来。所以，欲从“果”去变“果”是不可能的，试图截取西方文化的“果实”移来为我所用，终究是外在的，这样的移植没有从根本上进行改变，是易变的、不长久的。只有改变“因”，才能顺其自然地改变“果”。

梁漱溟正是从佛家的因果认识上去辨别人类文化并进而提出改造文化的药方的。佛家讲的因果观与通常所说的科学因果观并不相同。简单地说，佛家包括唯识学所讲的“因果”建立在对缘起的信仰基础上，是从内识/内明出发对生命的根本认识，由此认为“唯识无境”，即认为外境是心识的显现，心识之外并无独立实存的外境，从而在根本认识上取消了那种二元对立的主客体观念。通常所说的科学因果观

则建立在主客二元对立基础上，目的是对客体化的现象界/对象域的规律进行抽象把握。虽然都建立在人的理性思维之上，二者针对的范畴对象却不同，目的和价值取向也不同。从佛教因果观而看，文化由各种因缘条件聚合而来，“因”为主因，“缘”为助缘（或“次因”），在形成各文化的种种因缘条件中自有层层因与层层果，那些助缘性的次因却非那酿成一民族之文化的主因——而“态度”正是梁漱溟总结出来的主因，这个“态度”也正是梁漱溟所述“人生三路向”的根本之所在。

既然蕴于文化之中的根本的人生态度是形成这个文化的主因，要改造一文化，最有效的是去改造文化的根本态度，也就是改造其主因，而非文化诸果相。而从“因”上去改造文化，就是要从根本的人生态度上去改变中国文化以及已经进入的西方文化，就是要“根本改变西方的态度”“批判地拿出中国原来的态度”“暂时排斥佛家态度”（因为完全的出世精神在现时段不合时宜），此正如改造种子中的不良基因；当“态度”也即“根本精神”合适、恰当了，加上各种次因、助缘，如同配以适当的阳光、土壤、水分，种子得以生发，其果自然顺成。其间，民主、科学等也将随主因之改变而成为顺其自然之果或促进果之变化改善的助缘，而非简单的果的挪用。这既是佛家的，亦是儒家的顺世与顺成之法。

所以，梁漱溟提出的人生根本态度的“改造”并非如其表面看来的那样是就果的随意调和，而是一种从因上出发来着手的改造。在无所谓佛家因果论的人看来，在因上进行的改造自然仍算是一种调和，但从梁漱溟的认识立场来看，这种改造却非他曾批判的那种果的随便调和。从人生态度之主因上对文化种子进行改造，至少可以保障经过改造的种子不会变成另一类种子，水稻不会变成土豆，不会变成“全盘西化”，不会将中国文化“连根抛弃”。

与此同时，对于从“文化态度”的主因上来进行改造且维持传统精神世界的可能性做出最好实践及证明的也正是梁漱溟自己——他其后进行的乡村建设实践正是从这样的由因及果的因果认识立场出发，按照这种从根上、从因上来改造的思路进行的，并带着这一特有的从因上、从精神上进行改造，同时吸收西方优良文化因子（作为“次因”“助缘”）的意图。当我们重读梁漱溟在山东乡村建设研究院的每日“朝话”时，对这一点的体会尤为深刻：每日“朝话”既是对青年们人生态度及日常生活态度的培育和塑造，更是对其内在精神的培育和塑造。因此，在对梁漱溟乡村建设理论的探讨中，如果只注重其实践中的经济措施、组织制度等层面，就等于放弃了他对“因”的考虑，亦即放弃了其乡村建设实践中最基础也是最根本的部分。

当我们理解了这一点时，再回头去看他的这段话，他的意思就更明确了：

盖人类文化占最大部分的，诚不外那些为人生而有

> 的工具手段、方法技术、组织制度等。但这些虽极占分量，却只居从属地位。居中心而为之主的，是其一种人生态度，是其所有之价值判断。——此即是说，主要还在其人生何所取舍，何所好恶，何是何非，何去何从。这里定了，其他一切莫不随之。不同的文化，要在这里辨其不同。文化之改造，亦重在此，而不在其从属部分。否则，此处不改，其他尽多变换，无关宏旨。此人生态度或价值判断寓于一切文化间，或隐或显，无所不在，而尤以宗教、道德、礼俗、法律，这几样东西特为其寄寓之所。道德、礼俗、法律皆属后起，初时都蕴孕于宗教之中而不分。是即所以人类文化不能不以宗教开端，并以宗教作中心了。①

如其所述，他给当时中国开出的药方只有这“一个意思”。

上面，我们试图把梁漱溟放回到他那个时代里去，试图从他站立的地方去理解他的意思，去体会他在那个时代里做出那些思考与实践的各种选择和各种可能的缘由。那么，对于我们自身、对于我们这个时代或者将来，他的“意思”和选择又有怎样的意味？

梁漱溟所处的那个时代与外来的“现代化”恰是面对面的残酷的遭遇战，带着非此即彼、你死我活的血腥味道。与之相较，而今我们处于所谓的“现代化”进程中已有几十年

① 梁漱溟：《中国文化要义》，上海世纪出版集团2005年版，第86页。

了，当年所述的尚还纸上谈兵的科学、技术、民主、自由、政治制度、经济制度等，对我们来说已属于生活的一部分（虽不能说是“熟悉”的，但也非“陌生”的了），虽然在这些范畴和领域里仍充满争议，充满争斗，而争议和争斗也已成为我们生活当中的必然组成部分。

在我们这个时代，整个社会结构已完完全全地建立在一种奠基于科学物质观和经济发展观的基础上，市场经济作为世界的“永动机”，将世界的每一角落、每一群人全都席卷而入，令其成为推动这台经济发动机的一个运转部分。对此，质疑、抗议、反对乃至战争，以个体、族群、民族、信仰集团乃至民族国家为单位层出不穷地出现，搅动着一体化了的世界之海。和梁漱溟那个充满怀疑的时代相比，我们自己的时代已经接受了很多东西：现代化及其进程意味的经济高速发展被视为时代和国家之必需；社会物质生活的丰裕和现代社会制度的建设是整个社会所大踏步朝向的目标——我们的时代和社会已经全然接受了现代化描画的那一蓝图，与此同时，梁漱溟、梁启超等人当年指出的“西方的病痛”也正在成为我们自己的病痛。

人与世界的关系的重点是看他选择站在哪里去看世界，这是现代世界提供给“个体”的“自由”之一种。就此而言，梁漱溟提供给我们时代的就包括了一个看世界的点。对于全球化的今天来说，他在其“人生三路向”说里展示的从物质到精神的发展道路就不仅仅是对西方、中国或印

度的分别阐述，而真真切切地成了一条他预言的人类的发展道路了。

以上通过对梁漱溟的“人生三路向”说的阐述已经带出了一系列问题。接下来我们将从梁漱溟的这个“药方”出发去寻路追查：“中国原来的态度”是什么，又该怎样“批评地把中国原来态度拿出来?”

第四章

“定义”与“注释”：兼论中国早期人类学之路

说到“文化”二字的时候，无论是否意识到，我们都已是站在整个现代世界的格局中来谈论它了。为了说明这一点，我们首先进入一个以“文化”为核心概念的学科内部发生的一个具体论辩中来看一看。

第一节 “异文化”与“本文化”：从费孝通与利奇的论辩出发

一 “成见”与“偏见”

写于1997年的《重读〈江村经济·序言〉》（以下简称《重读》）一文是费孝通先生87岁时对自己60多年人类学实

践的回顾与反思。

1930 年，20 岁的费孝通进入燕京大学社会学系学习，1933 年考入清华大学社会学及人类学系读研究生，是该系自始至终专修人类学的唯一的研究生。①

1935 年他通过了毕业考试并取得公费留学资格。1936—1938 年前往英国伦敦政治经济学院（L. S. E.）人类学系留学，师从当时著名的人类学家、功能学派的创始人马林诺夫斯基（B. Malinowski，1884—1942），在其指导下完成博士学位论文 *Peasant Life in China*（中译本名为《江村经济——中国农民的生活》）并获得博士学位。该书于 1939 年在英国出版。

1938 年，费返回国内不久即开始在云南农村的田野调查工作，1943 年出版田野调查报告《禄村农田》。1947—1948 年，先后出版《生育制度》《乡土中国》和《乡土建设》等书。

新中国成立后，费的研究工作转向民族研究，20 世纪 50 年代初参加“民族识别工作”，即中央人民政府直接指导下进行的全国规模的少数民族社会历史调查，中间受到干扰后停顿，后一直持续到 80 年代末 90 年代初。费孝通在 1981—1982 年负责领导贵州和广西两个省区的实地访问工作。②

1957 年被划为“右派”。1978 年重新开始后半生的学术

① 费孝通：《关于人类学在中国》，《论人类学与文化自觉》，华夏出版社 2004 年版，第 6 页。

② 费孝通：《简述我的民族研究经历和思考》，《论人类学与文化自觉》，华夏出版社 2004 年版，第 154 页。

生涯和政治生涯。[①]

以上对费先生一生学术活动做了简短回顾，是想说明，他的一生参与并见证了人类学这门学科在中国从开始到成长的整个过程，而这一过程也正是《重读〈江村经济·序言〉》的背景。当我们去读他这篇文章的时候，亦是在其整个学术生涯的背景中去读的。

该文围绕《江村经济——中国农民的生活》一书就几个相关问题进行了探讨，包括费先生当年的同窗、英国人类学家埃德蒙·利奇（Edmund Leach）在其《社会人类学》（*Social Anthropology*，1982）一书中针对费孝通在内的四个中国人类学家及其著作提出的尖锐批评及引出的两个问题[②]，一个是：在中国这样广大的国家，个别社区的微型研究能否概括中国国情？另一问题则是：像中国人类学者那样，以自己的社会为研究对象是否可取？[③]

第一个问题涉及对学科研究方法的理解，第二个问题则

---

① 关于费孝通先生的生平与传记可参见［美］大卫·阿古什《费孝通传》，董天民译，河南人民出版社 2006 年版；杨清媚《最后的绅士——以费孝通为个人案例的人类学史研究》，世界图书出版公司 2010 年版。

② 参见 Edmund R. Leach，*Social Anthropology*，New York：Oxford University Press，1982，pp. 124 – 134。书中述及的另三位中国人类学者分别为林耀华、杨懋春和许烺光。

③ 虽然马林诺夫斯基（利奇和费孝通的老师）在费孝通《中国农民的生活》（中文译为《江村经济——中国农民的生活》）的“序言”里赞扬了该书，认为它“将被认为是人类学实地调查和理论工作发展中的一个里程碑”，但他同时也含蓄地指出：“这是一个土生土长的人在本乡人民中间进行工作的成果。如果说人贵有自知之明的话，那么，一个民族研究自己民族的人类学当然是最艰巨的。”而这并不影响他的学生将之作为一个严肃的学科性问题提出来进行探讨。费孝通：《江村经济——中国农民的生活》，商务印书馆 2002 年版，第 13 页。

涉及学科研究对象。对这两个问题，费先生都做了详尽的回答。我们的关注点在第二个问题上。令人注意的是，费先生的《江村经济——中国农民的生活》一书成于20世纪30年代，而利奇的《社会人类学》及费先生的《重读》二文则分别成于80年代和90年代，也就是说这场后发的论辩包含了几十年时光的差距，亦包含着费先生在60多年里对中国人类学的学科认识。为了使整个问答的思路尽量清楚明白，下文将较为完整地直接引用费先生的文字。

对于利奇提出问题的基本态度和看法，费先生是这样理解的：

> Leach公开认为中国人类学者不宜从本国的农村入手进行社会人类学的研究工作……他批评若干本中国学者出版的研究中国农村的著作作为例证之前，有一段他自己的经验之谈。他说：“看来似乎是很可怪的，在亲自具有第一手经验的文化情境里做田野作业，比一个完全陌生的外客用天真朴素的观点去接近要观察的事物困难多得多。当人类学者研究他自己社会的一鳞一爪时，他们的视野似乎已被从公众的甚于私人的经验得来的成见所扭曲了。”他的意见简单地说是自知之难，知己难于知人。这一点可以说和我国常说的“贵有自知之明”颇有相同之处。①

① 费孝通：《重读〈江村经济·序言〉》，《论人类学与文化自觉》，华夏出版社2004年版，第84页。

利奇的看法首先涉及人类学的学科历史以及学科的基本假设。虽然人对自身的兴趣自人类出现以来就一直存在，西方人类学作为一门学科则起源于欧洲探索世界、对外扩张与殖民①的那一时期，起源于欧洲人对不同于己的文化、民族的观察与描述，而作为独立的学科则要到19世纪才真正建立。人类学者力图以科学的方式对不同民族文化进行研究，以此去理解人类及其文化的多种多样，从而去更深入地理解包括自身在内的人类全体。换句话说，人类学起源于对“他人”及“异文化”的科学研究，这个“他人”在不同时期曾被贴上“野蛮”“落后”“未开化”之类的标签，而随着这门学科对人类文化越来越深入的理解，这些标签也随之逐渐改变。

对“他人”及“异文化”的研究首先包含着博物学家及科学家式的对人类身体、语言、社会制度等“知识”的兴趣和爱好，随着研究的深入，人们则发现如何去理解和处理这些辛苦搜集的资料、按照怎样的观念及理论构想去进行分析并探测其中可能的意义，比搜集纯粹的孤立事实更重要也更吸引人。这些不同的观念和理论构想逐渐形成不同的理论流派，如进化论、传播论、功能主义、结构主义等，其中功能主义的创始人正是利奇和费先生的老师马林诺夫斯基。

---

① 因而早期人类学难以摆脱其为西方的对外扩张殖民需求提供“科学”服务的“卑微”出身。

在这其中，如何处理作为研究者的“自己”和“别人”的关系就显得非常重要了。学科内逐渐形成的一个共识观念是，为了尽可能地减少偏见或成见，接触陌生文化时应尽量不戴自身文化的有色眼镜，而是用“别人的眼睛”去看他们的世界。为了达到这个目的，这门学科对“田野工作”亦即人类学的调查研究工作有相当严格的规定，要求人类学者到研究的当地去与当地人一起生活尽可能长的一段时间，以尽量按照当地人的眼光和方式那样去看本地人的生活，去感受他们的感受，去理解他们的世界，而非按照从自己社会得来的先在理解去进行硬性的判断，从而影响了对异文化的理解深度。

这样的看法和参与观察式的田野工作风格是由马林诺夫斯基的工作奠定的，他关于新几内亚特罗布里恩德岛民的“库拉圈”的研究著作《西太平洋的航海者》（1922）充分展现了这一看法与风格。在该著的最末一章，马林诺夫斯基总结道：

> 研究土著人最令我感兴趣的，是他对事物的看法、他的世界观、他所呼吸的生命气息和他生活在其中的现实……诚然，我们可以进入野蛮人的意识里，并通过他的眼睛观察外面的世界，感觉一下他的感受——但我们最后的目的是丰富和深化我们的世界观，了解我们的本性，并使它的智慧上和艺术上更为细致……如果我们不能摆脱我们生来便接受的风俗、信仰和偏见的束缚，我们便不可能最终达到苏格拉底那种认识自己的智慧。就

> 这最要紧的事情而言，养成能用他人的眼光去看他们的信仰和价值的习惯，比什么都更能给我们以启迪。[①]

“最后的目的是丰富和深化我们的世界观，了解我们的本性……最终达到苏格拉底那种认识自己的智慧。”该学科在其后的发展中亦逐渐加固了这一信念，即通过对人类不同文化及其类型的详尽研究，去发现自己乃至当今社会的不足之处而加以警醒，进而有可能为设想一个更美好的社会提供建议。具体到欧洲和北美的人类学者，就是为他们所处的那一社会——西方现代社会——提供一面反观自身的镜子。

通过田野工作“进入”别人的意识，通过他们的眼睛去观察世界，从而更深地了解、丰富和深化自己的世界观的观念是建立在“自己”和“别人”的差异的基础上的，同时针对并包括自己和别人——他得尽可能地做到像别人那样去理解他们的世界，同时保持自己作为人类学家的头脑，这成为人类学者在田野调查的基础上完成一本优秀的民族志，发现某种新的理论构想，乃至发现一种与已知迥异的新的世界观念的根基。也就是说，为了尽可能地深化对异文化的认识并据此反省乃至批判本文化，这个人类学者必须同时站在“自己”和“他人”双方的立场上，他不能完全变成别人而丧失了自己的头脑，也不能因为老是带着自己的眼光而总是一个

① ［英］马林诺夫斯基：《西太平洋的航海者》，梁永佳、李绍明译，华夏出版社2002年版，第441、446—447页。

“陌生人”，他得在其间保持必要的平衡，进而在二者的张力中进行研究。[①] 这一双重性立场的获得也正是由马林诺夫斯基奠定的人类学田野工作风格的旨趣乃至根基，当这样的前在立场和田野工作风格被普遍接受时，亦成了这门学科的基本构想和基本立场。

虽然之后的西方人类学不断发展出更多更复杂的理论体系，尤其到了20世纪70年代之后，在萨义德式的后殖民话语分析以及对西方中心主义的反省与批判的影响下，学科内部形成了多种反思和批判，这些反思和批判却从未脱离当初就有的基本构想，即以别人的文化为镜子来反观自己、反观现代社会，从而对如何建设一个可能更好的社会提供建议，亦从未放弃在“本文化”和“异文化”的二元性张力中去获取力量的学科性研究立场。

例如，马尔库斯曾叙述道：“20世纪的社会文化人类学者许下诺言，声称要在两个方面给予数量广大的西方读者以启蒙。一方面，他们说自己要拯救那些独特的文化与生活方式，使之幸免于激烈的全球西方化之破坏……另一方面，人类学者用较隐晦的词句许诺要使自己的研究成为对西方自己的文化进行批评。他们声称，通过描写异文化，我们可以反省我们自己的文化模式，从而瓦解人们的常识，促使我们重

① 附属于“自我—他人”/“本文化—异文化”双重性立场的方法论特征之下的种种价值判断，包括文明与野蛮、落后与进步、西方与非西方等。具体的价值判断会与时俱变，不变的则是其双重性。

新检讨大家想当然的一些想法。”① 虽然马尔库斯就这门学科的传统研究范式进行了严厉抨击，他仍然是从“自己的”/“我们的”“别人的”/“异文化的”双重立场出发并在其间构成一个相互参照、相互批判的二元性思维格局。

从这样的学科构想出发，人类学家在研究本文化时将难以获得在研究异文化时具有的“自己—他人”的双重立场及其张力，并且，由于己文化的天然“有色眼镜”，亦将难以避免人类学家力图避免的那种“成见”和“偏见”，这样一来，对全新世界的探索力度就可能变得微弱。所以不难理解，到了80年代，利奇仍然认为人类学者在自己的文化情境里做田野作业，“比一个完全陌生的外客用天真朴素的观点去接近要观察的事物困难多得多”，进而得出这样的结论：“中国人类学者不宜从本国农村入手进行社会人类学的研究工作。”其观点并非某种偏颇的个人观点。

我们需要加以详考的，则是费先生回答这一问题时的思路。他阐述道：

> 他的意见简单地说是自知之难，知己难于知人。这一点可以说和我国常说的“贵有自知之明”颇有相同之处。但这是一般印象的总结，并不是经过了实证性的分析推考得出的结论。

---

① ［美］马尔库斯和费彻尔：《作为文化批评的人类学——一个人文学科的实验时代》，王铭铭、蓝达居译，生活·读书·新知三联书店1998年版，第16页。

……Leach 说人类学者的见识根源还是在自我内省。我想就这句话补充一些自己实践的体会。我很赞同 Leach 从人类学者在田野作业切身的体会说起。我生平说得上人类学的田野作业，只有三次。第一次是在广西金秀瑶山，第二次是在江苏江村，第三次是在云南禄村。这三次都可以说是中国人研究中国社会文化。但是第一次我是汉人去研究瑶人。既不能说我是研究本土文化，又不能说完全是对异文化的研究。实质上我和我研究的对象是“我中有你，你中有我”，而且如果按我主观的估计，同多于异，那就是说汉人和瑶人固然有民族之别，但他们在社会文化生活上大部分已十分接近相同的了。这是中国少数民族研究的一个特点，各族间存在不同程度的相同和相异之处，似乎不能简单地以“本文化”和“异文化”的区别来定位。……

社会人类学田野作业的对象，以我以上的思路来说，实质上并没有所谓“本文化”和“异文化”的区别。这里只有田野作业者怎样充分利用自己的或别人的经验作为参考体系，在新的田野里去取得新经验的问题。我们提出“社会学中国化”或本土化，是因为当时我们中国学者忽视了用田野作业的方法去研究我们自己的中国社会和文化。①

---

① 费孝通：《重读〈江村经济·序言〉》，《论人类学与文化自觉》，华夏出版社 2004 年版，第 84—86 页。

当费先生将“中国人类学者不宜从本国农村入手进行社会人类学的研究工作”这个尖锐意见归结为“简单地说是自知之难，知己难于知人”时，西方人类学那一在“自己”和“别人”之间具有张力的双重性立场已变成两个单独的立场，而“他人”—“自己”之双重性关系亦转换为“知人”与“知己”的难易程度关系。当费先生将如何“知己”与“知人”与中国的另一句老话“贵有自知之明”联系起来时，他就已经在“两个”立场当中选择了其中一个，即“知己”。接下来费先生即用自己的三次田野实践来说明在“知己”及“自我内省”中发现的文化异同关系，“我和我研究的对象是‘我中有你，你中有我’……这是中国少数民族研究的一个特点，各族间存在不同程度的相同和相异之处，似乎不能简单地以‘本文化’和‘异文化’的区别来定位”①。

换言之，费先生对文化异同的理解，是将之置于一个整体性观念亦是一个立场下来进行分析的，文化的异同是同一立场下的异同，而非双重立场式的“自己”与“别人”及由二者之张力所体现的异与同；一个立场、一个整体观念下所体现的文化异同“既不能说我是研究本土文化”，“又不能说完全是对异文化的研究”，而是“我中有你，你中有我”式的含混体。由此，费先生自然会得出与利奇相反的结论：

① 费孝通：《重读〈江村经济·序言〉》，《论人类学与文化自觉》，华夏出版社2004年版，第86页。

> 社会人类学田野作业的对象，以我以上的思路来说，实质上并没有所谓“本文化”和“异文化”的区别。这里只有田野作业者怎样充分利用自己的或别人的经验作为参考体系，在新的田野里去取得新经验的问题。对于研究本土文化的人类学者来说，由于语言上的便利，本土人研究本土文化似乎占胜一些。①

难道说，留学英国、师从于马林诺夫斯基、利奇的同窗、受过严格的人类学学科训练的费先生没搞懂什么叫人类学对“文化异同”的基本假设？

二 立场与动机

费先生与利奇对文化异同问题的不同理解至少说明了一点：即使同出一师，都受过严格的学科训练，都对人类学学科规范熟稔于心，在具体的研究实践中对这门学科的基本对象——本文化和异文化——的理解依旧会出现很大差异。

对于利奇的问题，费先生并不是第一次做出回答。从20世纪80年代后半期开始费先生即已在多种场合作答，可见利奇问题的重要。在《人的研究在中国》（1990）这篇文章里，费先生曾这样解释道：“我们的分歧归根到底是出于我们并

① 费孝通：《重读〈江村经济·序言〉》，《论人类学与文化自觉》，华夏出版社2004年版，第86页。

不都是英国人，包括 Malinowski 在内。我们各自的文化传统带来了‘偏见’或更正确些应说是‘成见’。这些‘成见’有其文化根源，也就是说产生于 Edmund 所说的公众的经验……在我的理解中，就是指民族的历史传统和当前处境。”①

接下来费先生却转向了另一个问题，那就是：为什么要学习人类学？

> 我并不明白为什么 Edmund 放弃他成为一个工程师的前程而闯入人类学这个园地的。我自己知道我为什么要学人类学，入学的动机可能是我们两人同在一个学术领域分道扬镳的根源。我原本是想学医的。但是后来放弃了成为一个医生的前途。因为，那时我自觉的认识到“为万民造福”比“为个人治病”更有意义。可见我的选择是出于一种价值判断。
>
> 个人的价值判断离不开他所属的文化和所属的时代。我是出生于20世纪初期的中国人，正是生逢社会的剧变、国家危急之际。从我的这种价值判断出发，我之所以弃医学人类学是可以为朋友们所理解的。我学人类学，简单地说，是想学习到一些认识中国社会的观点和方法，用我所得到的知识去推动中国社会的进步，所以是有所

① 费孝通：《人的研究在中国》，《论人类学与文化自觉》，华夏出版社2004年版，第24页。

为而为的。如果真如Edmund所说中国人研究中国社会是不足取的，也就是说，学了人类学也不能使我了解中国的话，我就不会投入人类学这门学科了，即使投入了，也早已改行了。

我从来没有隐讳过我选择人类学的动机。①

正如费先生所阐述的，分歧的根源在于动机与立场的不同。所以为了回答利奇那一关于人类学的“成见”和“偏见”的问题，首先必须解释自己学习人类学的动机；正因动机不同，才能够从不同角度去理解什么叫作人类学的“成见”和“偏见”。此动机并非私人动机，而是当年中国人类学者乃至其他学习西方社会科学的中国学者所持的理念与信念。②

虽然写于20世纪90年代末的《重读〈江村经济·序言〉》一文，与成于30年代的《江村经济——中国农民的生活》（简称《江村经济》）一书有时间上的差距，二者表达的情绪和信念却一脉相承，从未动摇。在《江村经济》第一章中，费先生便曾这样写道：“社会科学应该在指导文化变迁中起重要的作用。中国越来越迫切地需要这种知识，因为这个国家再也承担不起因失误而损耗任何财富和能

---

① 费孝通：《人的研究在中国》，《论人类学与文化自觉》，华夏出版社2004年版，第24页。

② 马林诺夫斯基在“序言”里对这种信念也进行了强调：“费博士是中国的一个年轻爱国者，他不仅充分感觉到中国目前的悲剧，而且还注意到更大的问题：他的伟大祖国，进退维谷，是西方化还是灭亡?”费孝通：《江村经济——中国农民的生活》，商务印书馆2002年版，第14页。

量……然而我确信，不管过去的错误和当前的不幸，人民通过坚持不懈的努力，中国将再一次以一个伟大的国家屹立在世界上。本书并不是一本消逝了的历史的记录，而是将以百万人民的鲜血写成的世界历史新篇章的序言。”①

对这一理念与信念，我们现在也有不同角度的理解，最重要的一种即为从时势政治因素来看，20 世纪初期的知识分子出于救亡图存的迫切愿望，希望通过学习西方的知识手段来重新认识中国、解释中国，从而为中国社会的改良或进步提供与当时世界政治经济格局相匹配的崭新的认识方式。②

从这样的看法出发，我们又可以得出一些推论：在以西方知识手段去了解中国社会文化结构的过程中，其时的中国知识分子不得不经历意识结构的急剧转换，即从早年对于中国作为一个模糊含混、无所不包的“天下”，转换为在“文化”或“文明”意味上的“一个”文明体系，复转换为世界民族国家体系当中之“一国”。并进而认为，这一意识结构的转换过程浓缩了当时知识以及学科上的种种含混，不仅受到当时的权力斗争和政治意识形态的影响，而且与文化、文明、文明体系、民族国家及其认同这些后来流行的概念、观

① 费孝通：《江村经济——中国农民的生活》，商务印书馆 2002 年版，第 22—23 页。

② 对于这一点，有学者是这样理解的：“费先生的这一番话，说明本土方法论的提出是这批中国学者立志于将学到的知识应用于中国社会实际、解决中国实际问题的尝试。尽管在实际操作中，由于尚处于尝试阶段，并非每位学者都将这种方法运用得驾轻就熟，但不容否认这一方法的提出和运用为国际民族学界学科方法论的发展做出的重要贡献。”［王建民：《中国民族学史》（1903—1949）（上卷），云南教育出版社 1997 年版，第 148—149 页］。

念或理论模式具有充分而密切的联系。这些源自西方的“知识手段”在中国的传播和运用方式既然如此纷繁复杂，对其的运用和反思难免受到时局变更、权力斗争和政治意识形态的种种影响甚至钳制。

这样，当我们从这种世界政治经济话语方式回到“中国人研究中国社会文化”涉及的文化异同问题上时，会继而形成这样一个看法，即《江村经济》式的研究带着一种在多民族国家内部发生的“异化”倾向，也就是把中国境内的乡村社会文化和少数民族/族群文化的研究当作“异文化”来对待。有学者论述道，20 世纪三四十年代的“汉语人类学者”“大多能够直接阅读西方文献，也已经充分把握了西方诸种理论的发展脉络，并能够熟能生巧地将之延伸于中国现实社会问题的解释中”，但是，“汉语人类学者从中主要继承的似乎不是他们对‘异文化’的研究旨趣，而是一种本土的人类学研究……这样一种关注本土社会与文化的研究风格，却从一开始即具有了‘内部异化’的倾向”，除了少数几位学者如李安宅之外，“大多数汉语人类学家研究的是民族国家境内的族群文化和城市核心区位之外的乡村社会与民间文化，他们的解释模式来自西方，而研究对象则在中国境内及周边地区”。①

对“内部异化”这样的说法，同样有很多可深入探究的地方。在美国学者顾定国对新中国成立前中国人类学的整体

① 王铭铭：《学科国家化——反思中国人类学》，《西学“中国化”的历史困境》，广西师范大学出版社 2005 年版，第 53 页。

评价中，他谈到了中国的社会科学知识分子对发展“有中国特色的人类学”的问题，为此他引述了与吴文藻、林耀华的谈话并说“西方人研究的是殖民地民族，中国人和他们不一样，他们要研究的是自己的社会，因此，中国的人类学应该是从中国的土壤里生长出来的”，但是对这一点他则加注认为，“Stephen Murry 指出，宣称由汉族民族学家研究非汉族的少数民族就是‘中国人研究中国人’是不坦率的说法，就像把欧美人到美国的保留地去研究美洲土著称作是‘美洲人研究美洲人’一样是不诚恳的”。[①] ——也就是说，对于什么是“中国人研究中国社会文化”这个论题本身，中国人类学者和西方人类学者就已存在不同理解与认识。

那么，对其时中国人类学者所持的理念与信念以及对《江村经济》式的研究实践，除了将之理解为受“社会剧变、国家危急”的时代政治因素的影响从而形成了救亡图存求进步的实用性动机，或理解为多民族国家的“内部异化”之外，是否还有别的理解方式?

要回答这个问题，我们需要回到费先生那里去寻找可能的答案。在《人的研究在中国》这篇文章的末尾，费先生意味深长地说：

> 我这种在 Edmund 看来也许是过于天真庸俗的性格

① ［美］顾定国：《中国人类学逸史——从马林诺斯基到莫斯科到毛泽东》，胡鸿保等译，社会科学文献出版社 2000 年版，第 97 页。

> 并不是偶然产生的，也不是我个人的特点，或是产生于私人经验的偏见，其中不可能不存在中国知识分子的传统烙印。随手我可举出两条：一是“天下兴亡，匹夫有责”，二是“学以致用”。这两条也可以说是我自己为学的根本态度。
>
> 想不到2000多年前的孔老夫子对我这一代人会有这样深的影响……结果使像我这样的人，毫不自觉这是古老的传统，而投身现代的学科里，形成了为了解中国和推动中国进步为目的的中国式应用人类学。在一定意义上说，这种学派的形成并不是出于任何个人的创见，很可以说是历史传统和当代形势结合的产物。[①]

对于费先生所述的中国知识分子身上的“传统烙印”或“历史传统”，学界不乏论述而常偏于含混，如“20世纪前半期的中国知识分子所接受的中国传统文化是以儒家思想为核心的。同时，他们又受到国外学术思想的影响……中国民族学家的综合主张正是这种东、西文化结合的观念的产物”。[②]——然而，这一以“儒家思想为核心”的“中国传统文化”具体体现为何？

更坦率的评价则是将这一“传统烙印”直接与人类学

① 费孝通：《人的研究在中国》，《论人类学与文化自觉》，华夏出版社2004年版，第29页。

② 王建民：《中国民族学史》（1903—1949）（上卷），云南教育出版社1997年版，第278页。

"功能主义"流派的学术传承联系起来,"天下兴亡,匹夫有责是一条历久弥新的原则,但是费因其在西方所受的功能主义训练,丰富和加强了对这一原则的信仰","由于深受结构—功能主义的影响,加上他强烈的历史责任感,费要使自己成为中国社会的'具有功能的'一部分"。[①] ——仅仅如此?

下面,我们将从费先生在别处的论述来尝试分析这个似乎该由"2000 多年前的孔老夫子"负责的"传统烙印"的可能内容。而费先生的"为了解中国和推动中国进步为目的的中国式应用人类学"与梁漱溟的"认识老中国,建设新中国"[②] 的口号适足以相互参照。

第二节 定义与注释

一 "定义"与"注释":两种文化特征

对费先生所述之"传统烙印"的最佳注脚,亦来自他的论述。

《乡土中国》一书收集了十来篇文章,这些文章依据费

---

① 乔健:《费孝通先生:一些个人的评价》,北京大学社会学人类学研究所编《东亚社会研究》,北京大学出版社 1993 年版,第 22、23 页。

② 梁漱溟:《中国文化要义·自序》,上海世纪出版集团 2005 年版,第 4 页。

先生20世纪40年代后期在西南联大和云南大学所讲“乡村社会学”一课内容后应杂志之约而写就①，是费先生以社会人类学的知识眼光来分析中国乡土社会的结果。“乡土社会”是当时中国知识分子认识到的中国社会的基本性质，对“乡土社会”的分析亦即是对“老中国”的基层性分析。

自从被迫遭遇现代西方以来，将中西文化进行对照比较并得出某些异同之处的讨论从未停止过，在梁漱溟那里如此，在费先生这里亦如此，他们以及其他知识分子进行的中国社会文化分析从来都没有脱离中西对照的框架。当时的知识分子对中国传统文化尚有切身感受，与他们相比，现在的知识分子虽然对西方现代社会有了更多的感受，对自身传统文化反而产生了隔阂，因而当我们回过头去读大半个世纪前的中西文化之论时，其中蕴含的当时知识分子对传统“乡土社会”的亲切与熟稔的态度，反而既新鲜又很有启发。

在《乡土中国》一书中，费先生采用西方对政治权力的分析思路来解剖中国“乡土社会”的基层权力结构，将之分为了四种权力类型，即在社会冲突中发生的横暴权力，在社会合作中发生的同意权力，在社会继替中发生的长老权力和在激烈的社会变迁当中发生的时势权力。② 在对“长老统治”和“长老权力”进行解释时，费先生曾提到一个颇有意思的说法，即有中国特色的“注释”。在乡土社会中，他解释道：

① 费孝通：《乡土中国》，北京大学出版社1998年版，第3页。

② 同上书，第76页。

> 注释是维持长老权力的形式而注入变动的内容。在中国的思想史中，除了社会变迁急速的春秋战国这一个时期，有过百家争鸣的思想争斗的场面外，自从定于一尊之后，也就在注释的方式中求和社会的变动谋适应。注释的变动方式可以引起名实之间发生极大的分离。在长老权力下，传统的形式是不准反对的，但是只要表面上承认这形式，内容却可以经注释而改变。①

“注释”并不仅限于文字上的注解，在中国古代文化及社会结构中都带着“注释”的特性。

“道”是中国古代诸家所论最高范畴的代称。无论在由道家“道法自然”之“天道”、儒家人伦之“人道”等构成的精神伦理层面，或在基于儒道法互补而形成的社会政治结构层面，各道虽有所不同，然都以其道为最高精神准则和行为准则，人及其社会构成、道德规范只是去践行。这个“道”就成了从整体而言的最高范畴，其他观念皆由此出发向内、向下层层进行，如在儒家之道中，这一范畴即呈现为从“天下”到具体之“物”无所不包的整体性格局，即“大学之道”呈现的格物、致知、诚意、正心、修身、齐家、治国、平天下的格局。

在观念上，“古之欲明明德于天下者，先治其国；欲治其国者，先齐其家；欲齐其家者，先修其身；欲修其身者，

① 费孝通：《乡土中国　生育制度》，北京大学出版社1998年版，第79—80页。

先正其心；欲正其心者，先诚其意；欲诚其意者，先致其知。致知在格物”（《礼记·大学》）。其提示的顺序从“天下”开始到“格物”为止，但是倒过来也一样，即其后所说“物格而后知至”，一层层地又推到了“国治而后天下平”。由于其整体性，可以由外推内亦可由内推外，尽管层层推演，却不会逸出于外。在这样的整体性格局中，人的层层推衍——种种践行——构成了以“明明德”“亲民”“止于至善”为要的无止境的修身养性的实践过程，而正是这些实践则可能为这一整体格局注入新的内容、产生新的解释，即“注释”。

作为一种文化特征的“注释”与实践紧密相连，将“道”暗示的整体性格局作为人的理解及实践的边缘，在其内部进行相关说明、推演和局部性变动。在这个范围内，只要遵从相对性规则并在其间保持相应的平衡，“注释”则是较为任意的，既可由外至内亦可由内至外；“我注六经”或“六经注我”看似有异却都不离“六经”，而六经之所本并非自身，在于其后所倚之“道”。

这样从整体出发谋求循道之“注释”的观念深深地影响了中国传统知识分子，不仅影响其治学之道，亦影响其为人乃至为政之道。当费先生说自己接受的“传统烙印”包括诸如“天下兴亡，匹夫有责”或“学以致用”时，他是依然恪守着中国传统文化中的整体性观念和在实践中去印证“道”这样的“注释”方式的。对于其间的层层推衍，费孝通先生则总结在他对中国传统社会“差序格局”的理解中，“我们儒家最考究的是人伦……就是从自己推出去的和自己发生社会关系的那一群人里所发生的一轮轮波纹的差序”，“在这种社会结构里，从己到天下是一圈一圈推出去的，所以孟子说他‘善推而已矣’”。①

“注释”性特征的前提是整体性格局的含混、暗示与无所不包。这种讲求整体观念的传统因而偏于求和、求同，偏于以“同”来化“异”②，亦由此而滚雪球般地延续并更新其无穷无尽的包容力。

与具有“注释”性特征的传统相比较，西方现代文化及社会则具有可暂称为“定义”性的特征。首先必须说明的是，将“定义”与“注释”并举是为了尝试一种相对性的比较，二者在并举中相互构成差异并形成相对性特征。

“定义”讲求概念的明晰准确，讲求通过详尽表明事物的特征、属性而对事物进行界定、分类、寻找规律并依次建立不同层级的分类系统。而获取事物特征、确定属性、进行分类这样的活动是建立在严格的比较并获取差异的基础上的，按照理性与逻辑方式进行比较并“求异”是其活动基础。“定义”需要通过“求异”来获取特征、属性与规定性。

西方现代文化的“定义”性特征体现为高度自觉的理性活动，从具体的细节和局部出发，通过一系列逻辑推理从内

---

① 费孝通：《乡土中国　生育制度》，北京大学出版社 1998 年版，第 27—28 页。

② 孟子所说“吾闻用夏变夷者，未闻变于夷者也”（《孟子·滕文公上》）当中的“变”亦是在某个整体观念之下的“变”，与从民族主义话语方式来理解的“变”有所不同。

涵和外延形成相关定义。在一定条件下，“定义”是精益求精的，其逻辑进行过程中的任一环节都可能随着某一具体细节（数据或观念）的改变而改变，进而影响和改变前后的相关环节，而当局部性改变扩大到一定程度时，其属性也会获得改变，从而影响整个定义。进一步来看，由理性判断形成的“定义”可被视为一个联系着上下层的层级性项，任一项的变动都可能影响上一层或下一层项，从而对不同层次的系统产生影响。在环环相扣的系统活动中，相关概念及理论可以通过“定义”的方式而层出不穷。不仅在西方现代科学研究中，在政治哲学层面上“民主”“平等”等概念的发展中，乃至在科层制、三权分立等社会组织、政治制度的建构历程中都可以看到这一特征。

在带着“定义”性特征的社会文化中，人们常按照某种依据理性判断、推理而得出的想法或观念对社会进行构想和规划，西方现代社会的重要特征如三权分立、“民主”等即带着经由理性推断来构想、规划并推广的特点。① 但是，这样一来，所有的“合法性”就集中到了人的理性之上，具体来说，集中到了作为个体的人的理性上面。②

---

① 费孝通对此亦有所阐述：“现在我们常常听到的社会计划，甚至社会工程等一套说法……是现代的，不是乡土社会中所熟习的……人类发现社会也可以计划，是一个重大的发现，也就是说人类已走出了乡土性的社会了。在乡土社会里是没有这想法的。”（费孝通《乡土中国　生育制度》，北京大学出版社1998年版，第81页）

② 人的理性不可控的那一面给人类带来了极度危险，在科技高速发展的20世纪表现得尤为惨烈，如两次世界大战的爆发。理性与非理性的关系、理性的困境成为20世纪西方思想史的重大主题。

而在带着“注释”性特征的文化里，存在着一个先于、大于社会的整体性观念，这一观念源于古人对“自然”“道”的理解，在这样的整体观念之下，其社会形态具备相对稳定的持续性，改朝换代亦常常只是一种“注释”性的动荡与更迭①。从现代观念来看，带“注释”性特征的文化具有墨守成规或不思进取的一面，但它在自身的文化结构里却有其自足有效的道理。这样社会里的人的心理结构亦是相对稳定、各安其分的，从中获得自适的尊严，这样的尊严不强调西方现代社会紧紧围绕“个体”及“理性”追求的创新、改革与变异，而谋求一己对循道之整体的某种调和性“注释”。

从“注释”与“定义”的对比性特征出发，我们回过头去看梁漱溟对中西文化特征之别的比喻就更有意思了。梁漱溟曾举“屋小而漏”的情形为例②，西方人碰到这种情形就会谋求另换一间新的、好的屋子，这是完全的变更，亦往往由此设计出更“先进”、更“完善”的屋子；中国人于此境地并不想通过奋斗去另换一间，而往往通过变换自己的想法而得到满足——将就、凑合、随遇而安，正是一种通过“注释”来调整心态而与环境相适应的做法。

西方现代社会那种浮士德式的进取精神，身旁总伴随着魔鬼的引诱和天使的引领，其间虽然充满了茁壮的理想、热情与爱，亦同时包含了人在神性与魔鬼之间搏斗的极度痛苦

① 外族人主中原的情况（如清朝）在注释性的体现上则更加错综复杂。

② 梁漱溟：《东西文化及其哲学》，上海世纪出版集团2006年版，第57页。

与极深欢乐，以及人在这种搏斗的痛苦与欢乐里显现的自尊、自爱与自强。正是这样的生命状态以及人在其间从躁动—相对平衡—躁动的革命性精神状态造就了现代西方的小说、诗歌、绘画、音乐等艺术形式，然而这样的既包含了与上帝相关的崇高亦包含着地狱式罪感的生命状态和精神状态都是我们的传统不熟悉的。

中国古代的“注释”传统看似单调，却建基于古人关于自然与道的运动不息、相对与调和这些观念之上，如《周易》之“易”。这种“变易”“变化”混合着人天之间的不二分、不尽分，在其内部[①]则有无尽的生长变动之势，亦具有无穷的包容力与生命力，与西方现代式的不断进取形成的求破、求新之变则大相径庭。

现代西方的不断突破之势建立在具有多种呈现方式的二元性文化根基之上，如在个体—上帝之间，一端以至大力量“上帝”为外倚（虽然神学和科学对此纷争不断），另一端的理性“个体”则可倚此为跳板，在此二元张力之上不断产生革乱—平衡—革乱的进程，不断革新对人的理解，总的来看是一个动势。西方式“超越”亦是建立在二元张力的动态基础之上（见本书第二章）。

中国传统里既有一个“天地人”的混合体，即使内部“生生不息”，满蕴生命与生机之势，外在总是一团圆融混

① 在此只能勉强分说“内部”和“外部”，在整体性观念里却没有绝对的内外之分，只有物我不分的整体。

成，相对现代西方那种直线逻辑的破取之势，实是一种“静”[①]，而温柔敦厚、含蓄蕴藉或空灵清淡亦正是这个文化几千年来谆谆教诲并化育的一种德性。这样的一团圆融混成即无所谓西方所说的那种“超越”了——人的生命要义是去领悟并体证天地人不分的“道”的状态，发生在整体之内，而对这一整体运行不息的状态的理解与践行即为“明道”或近“智慧”了，而非“超越”。

由此，相对而言，文化的“注释”性特征和“定义”性特征造就了不同的文化格局，亦造就了其下的不同思维方式。[②]

① 中西文化之“动—静”式对比论述早已出现在20世纪初期的中西文化讨论中，如杜亚泉《静的文明和动的文明》（原刊《东方杂志》第14卷第4号），他认为西方是动的社会，中国是静的社会，动的社会产生动的文明，静的社会产生静的文明。或见李大钊《东西文明之根本异点》。二文见于陈崧编《五四前后东西文化问题论战文选》（中国社会科学出版社1985年版）。而梁漱溟关于“动”与“静”的不同见解则见其《东西文化及其哲学》（上海世纪出版集团2006年版，第30页）。

② 这种不同的文化格局与思维方式在中西文化相遇场景中多次呈现，一个有意思的例子即为耶稣会传教士与明末中国儒生的相遇。当耶稣会的传教士们于1583年来到中国南部地区之后，他们与中国儒士们就宇宙的大小问题展开了一场文化论战，谢和耐在其对这场论战所做的解释中发现，“西方和东方知识分子的分歧不但表现在具体问题上，而且还是根本性的，即是表现在本体论上的。……士绅们无法了解……一整套西方经典二元论：心灵与身体、自我与世界、精神与物质、理性与感性”。黄周指出，“天与地的运作方式能用一个字‘道’加以概括”，“它不是双重的”。转引自萨林斯《甜蜜的悲哀》（王铭铭、胡宗泽译，生活·读书·新知三联书店2000年版，第63页）一书。另参见谢和耐《中国与基督教——中西文化的首次撞击》一书第五章及附录中“17世纪基督徒和中国人世界观之比较”“16世纪末—17世纪中叶的中国哲学与基督教之比较”二文，［法］谢和耐《中国与基督教——中西文化的首次撞击》（增补本），耿昇译，上海古籍出版社2003年版。

二 学科实践的不同方向

现代人类学可被视为西方现代“定义”性特征的学科延伸，强调以科学方式来研究人的方方面面，其学科立场则是那种理性、逻辑的二元或双重的，并且善于从这样的立场出发去观察、体验他人的文化，善于将异文化作为反省自身的镜了从而不断革新对自身的认识，善于从这样的反省与二元张力中不断获得自身发展的新动力。建立在二元（或由二元衍生出的多元）立场和理性张力之上，这门学科非常善于更新和重新“定义”自身。以下我们将通过萨林斯《甜蜜的悲哀》一文（其最早形式为长篇论文）来对此略加以辨明。

萨林斯此文对几个在人类学界以至整个西方社会科学界中长期处于支配地位的重要观念如“罪恶”“需求”“权力”“秩序”等进行了“考古学”式的分析，“由于我关注的是犹太教—基督教传统中那些有关人类不完美的教条，因此我的论点可以被形容为分析主流社会科学‘话语’的‘考古学’”。[①] 就思想及方法而言，萨林斯的“考古学”是尼采和福柯的知识谱系学[②]在人类学内的具体运用，对萨林斯的人

① ［美］马歇尔·萨林斯：《甜蜜的悲哀》，王铭铭、胡宗泽译，生活·读书·新知三联书店2000年版，第2页。

② 参见［德］尼采《论道德的谱系·善恶之彼岸》，谢地坤等译，漓江出版社2007年版；［法］福柯《知识考古学》，谢强等译，生活·读书·新知三联书店2007年版。

类学研究的理解离不开西方思想史这个大背景。

萨林斯首先注意到“生物决定论的无处不在，就是人类学宇宙观传统的传播造成的”①，进而阐明这种生物决定论与基督教传统的“人类构成理论”的关系，以及在基督教传统“人类构成理论”中存在着的那一“可怕的二元对立关系”，即基督教认为的肉体和精神间的二元对立关系。②

萨林斯将基督教“二元论”（不管是“经典的”“替换的”还是“仁慈的”③）放到批判的枪口之下，分析它对西方社会科学各种观念的影响，例如对涂尔干的影响，认为其“双重人性论”的观点是一种误解：“涂尔干认为……身体与心灵的区别广泛存在，并证实了他的双重人性论点。对于身体与心灵各自孤立存在的信仰，体现了世界土著民族普遍把身心看成是对立的东西。但是，涂尔干的观点是一种误解，因为差异不等于矛盾。尽管身体与心灵之间的区分普遍存在，西方人对这个差异给予与众不同的处理，他们在观念上确信两者之间存在着内在斗争。”④

从“二元对立关系”出发对西方社会科学主流思维范式加以批判，类似的思路和结论在萨林斯的其他作品里就

---

① ［美］马歇尔·萨林斯：《甜蜜的悲哀》，王铭铭、胡宗泽译，生活·读书·新知三联书店2000年版，第20页。而针对“生物学决定论”，萨林斯曾以专著进行了分析与批判，见 Marshall Sahlins, *The Use and Abuse of Biology*, Chicago: Chicago Unversity Press, 1976。

② ［美］马歇尔·萨林斯：《甜蜜的悲哀》，王铭铭、胡宗泽译，生活·读书·新知三联书店2000年版，第20页。

③ 同上书，第24、27页。

④ 同上书，第26页。

已提出，如在《历史之岛》里：“我将批评性地反省我们自己的某些学院式范畴的目的，来概述这些广泛的理解。我指的是文化与历史通常借助来思考的强烈的二元对立：过去与现在，静态与动态，系统与事件，基础结构与上层建筑的对立，以及其他诸如此类知识的、二元对立的玩意。我断定这些对立不仅在现象上是一种误导，而且在分析上也是软弱无力的。”①

从研究思路来说，萨林斯是在人类学学科范畴内来对西方基督教“二元论”加以批判的，而这一批判所据的乃是另一层次的“二元论”——南太平洋岛土著的宇宙观与西方基督教的“二元论”宇宙观之间的对比研究。这一层次的二元性对比具有两个基础：首先，二元的两端边界清晰——土著的宇宙观和西方基督教的宇宙观，而非“我中有你，你中有我”似的混沌整体；其次，萨林斯进行揭示与批判的立足点并不在于二者中的哪一端，而在于二者构成的双重立场及其张力。

作为“西方社会科学”之下的研究者，萨林斯试图通过土著的眼睛去观察他们的世界、体察他们可能的思维模式和自身所处的那一思维模式之间的差异，这一差异同时针对自己和别人，他必须同时站在双方的立场上，只有这样，在对土著的宇宙观及其思维模式进行描述时，才能尽可能少地掺

① ［美］马歇尔·萨林斯：《历史之岛》，蓝达居等译，上海人民出版社2003年版，第15页。

入自身文化的偏见——在这一点上，萨林斯和早年的马林诺夫斯基或者利奇的出发点是没有区别的，这是人类学的初衷及基本构想。同时他必须保持人类学家的理性批判头脑，根据其对土著宇宙观的研究，去批判自身成长于其中的基督教社会知识系统。他必须处于二者之间并保持必要的平衡。

作为一个人类学家，当他开始思考时就已具备一个与西方现代文化思维格局相应的二元结构前提，即思考的理性个体与其思考对象之间的二元结构。萨林斯正是站在一个抽象自足的个体思想者的立场上来对现今的“西方社会科学”这个抽象集体进行批判。从“个体”出发，“集体”就成了一个有距离的相对立的对象，作为个体的思想者同样要以“陌生人”的身份——在这个例子里，就是以“知识考古学”为“陌生化”的武器——去“西方社会科学”中进行“田野调查”，亦须同时据有相对立的双重立场并以二者的张力为动力。

由此可以看到，在《甜蜜的悲哀》中，二元结构既是萨林斯分析和批评的对象，其实亦是他的出发点和立足点。二元性的双重立场从多方面、多角度、多层次架构出该文的研究思路和研究范式，从而形成了对不同文化接触的形式和结果的新认识以及对西方社会科学思维模式的批判，并为西方人类学对自身方法论的认识提供警醒和向前发展的新动力。

在一些重要社会理论的演变中我们亦能观察到这种二元结构的张力和动力，从梅因的“身份—契约”说、滕尼斯的

“社区—社会”说到涂尔干的“有机纽带—机械纽带”说，只要这种二元性格局不变，它就能够在充沛的张力上不断地重新“定义”、不断获得变革的力量。这亦构成了西方社会科学某种“开放”性格局①的基础，这一“开放”性正体现为在我—他之间，在己文化—他文化、己社会—他社会之间，不仅研究对象、理论方法，甚至学科自身总是可以在不断地重新“定义”中交汇、变革与发展。

而中国传统文化中的“注释”性特征不仅作为一种稳定的心理结构延续至今并体现在文化格局中②，亦作为一种思维模式贯穿于种种社会科学实践中，在研究对象上则常常体现为知识分子群体对解释中国的集中、热忱与专注，如“中国的人类学工作者几乎只研究他们自己的民族”③ 这样的典型说法，而利奇针对中国人类学者提出的尖锐问题其实正埋伏于这一集中性之下。倘若我们只看到研究对象上的集中，而忽略其后的心理结构和思维模式等因素，对其的理解将远远不够充分。这种对解释中国的专注、忠贞与热忱，并不仅仅意味着对中国作为一个民族国家的专注、忠贞或热忱，其间凝聚着彼时深受传统烙印的知识分子从整体出发谋求循道

---

① “开放”一词参见华勒斯坦等人在《开放社会科学》当中的说法。参见［美］华勒斯坦等《开放社会科学》，刘锋译，生活·读书·新知三联书店 1997 年版。

② 在其他方面，如在毛泽东思想与儒家文化传统、中国现今政治体系与传统朝代型政治体系之间亦包括了交错复杂的“注释”性关系。

③ 顾定国：《一位美国人类学家眼里的“人类学中国化”》，胡鸿保等译，《广西民族学院学报》（哲学社会科学版）1999 年第 4 期。顾氏继而将这一现象客观条件化地解释为“严格的经费限制”或“政治限制”。

之“注释”的生命投入，凝聚着一己之身与大道之间心心相印的生命实践，而由此形成的强烈理念与执着信念的含义，是远远大于对政治地理概念的“民族国家”的投入含义的。

由这样的强烈理念与执着信念出发，在时势政治各方面的影响下，包括费先生在内的众多知识分子都强调将西方社会科学知识作为一种认知手段来重新注释、解释整体性观念下的“中国”——此“中国”并非仅仅是民族国家系列中“一国”的政治地理概念，它还包含着从自身历史与文明中承继而来的对生命及世界的整体性看法。这种从历史与文明中承继而来的整体性观念本身不具备二元、多元的前在立场，亦不具备双重性，因而，即使中国早期人类学家曾经采用了西方人类学的某些研究方法或理论模式，由于在对待这门学科的前在立场及思维模式上有着巨大差异，在学科实践上则走向了不同的方向。

与此同时，作为受过严格的学科训练、充分具有学科反省意识的人类学社会学家，费先生亦是有意识地将这一“注释”性传统转化为学科实践而加以开拓性运用，即形成“为了解中国和推动中国进步为目的的中国式应用人类学”。他晚年提出的中华民族“多元一体”[①] 的格局构想以及“各美其美，美人之美，美美与共，天下大同”[②] 的文化自觉历程

① 费孝通：《中华民族的多元一体格局》，《论人类学与文化自觉》，华夏出版社 2004 年版，第 121 页。

② 费孝通：《反思·对话·文化自觉》，《论人类学与文化自觉》，华夏出版社 2004 年版，第 188 页。

的构想并未离开从整体出发、在整体性观念系统内进行持续相对运动的“注释”性传统，亦是其在西方人类学的“中国化”方面做出的宝贵实践。

当中国在清朝末年经由一系列战争被迫进入世界民族国家体系并被迫以此为基础而形成新的国家意识时，彼时的知识分子仍坚持着自身的价值传统与先在立场，并且是在这一动机、信念和立场上去接近西方知识体系的，对他们来说，“天下兴亡，匹夫有责”仍然是一种不容置疑的人生价值判断和道义承担，一种贯穿此生的人生实践，正如费先生晚年对此的反复强调：

> 学一门学科总得有个目的。我是想通过学社会学来认识社会，然后改革社会，免除人们的痛苦……一直到现在，我这一生的经历中根本的目的并没有动摇，就是“认识中国，改造中国”……我是由人类学、社会学、民族学里得到的方法和知识去做我一生认为值得做的有意义的事……我是用人类已有的知识去设法为人民服务的人，说我是个学者，我也不反对，因为我认为一个学者就应当是个用科学知识来为人民服务的人。(1993 年 8 月)①

最后，我们终于可以对费孝通和利奇的学科性论辩作一总结了，对此的最好总结仍然是费先生自己的文字：

---

① 费孝通：《关于人类学在中国》，《论人类学与文化自觉》，华夏出版社 2004 年版，第 10—11 页。

> 我和 Edmund 意见的分歧……不存在谁是谁非的问题，而是属于不同传统和处境的问题。我们不仅能相互容忍而且还能相互赞赏。我们不妨各美其美，还可以美人之美。这是人类学者的应有共识。①

第三节　注释性特征与“重新解释”

我们现今面临的仍然是梁漱溟、费孝通时代即已开始的“古今中西”的岔路性局面，而费先生的选择提醒我们，既然从一开始，在学科立场和价值取向上中国早期人类学与西方人类学就基本不同，依循中国的“注释”性传统，也许可能建设真正“本土化”的中国人类学。因而，对这一不仅交织于西方人类学，亦交织于西方社会科学中的二元结构的张力和动力，我们应当做更细致的探究。

在萨林斯对西方社会科学主流思维范式的分析中，他将批判的“二元论”基本搁置在了基督教思想史的范畴之内，并追溯到了“晚古时代的基督教”②，即奥古斯丁那里。但

---

① 费孝通：《人的研究在中国》，《论人类学与文化自觉》，华夏出版社2004年版，第29页。

② ［美］马歇尔·萨林斯：《甜蜜的悲哀》，王铭铭、胡宗泽译，生活·读书·新知三联书店2000年版，第26页。

是，即使基督教思想曾对“二元论”加以了某种特殊强调并由此对西方现代社会思想产生了影响，“二元论”实际上却是人类用以理解世界的基本思维方式之一，只不过在西方思想史中有其特殊的演化过程。在本书第一、第二章中，我们尝试回到西方文明的源头进行仔细寻找，尝试通过俄狄浦斯和约伯的道路来阐释这一点，现在我们将再次回到《约伯记》“智慧诗”所颂之处来对这一点加以仔细探讨。

“智慧诗”描述了人与其理性的关系。世间万物原本在人所不知的某种状态中悄然运行，是人的识别令它们向人显露出来，并与人形成了某种关联，而这种关联的基本纽带即为人的理性——人用其理性去探测、划分世间万物，亦由此形成了人认识的“这个”世界。事物因人的识别而显现出来的所谓“特征”，正是理性探察的结果，没有理性的探察，就没有这些显现和差别，也就没有这些所谓的“特征”。既然事物的所谓特征是人的理性识别的结果，对它们的根本认识即取决于人对自身的理性和认识的“认识”。这后一个“认识”即人当如何认识自身和自身的理性。此即为《约伯记》从“智慧”的角度对人与其理性认识及信仰之关系的告诫。

西方人类学在对自身与他人、本文化与异文化的不停反思中虽然发展出种种理论方法，其基本目的却从未改变，即以科学的、理性的手段彻底探测并描绘人类文化。在人类学研究所本的理性原则之下，从内涵到外延，人类诸种文化所指涉的都具有了可被理性所认识、探测的边界，即人类学所呈现的文化世界。也就是说，所谓的文化世界、文化边界及所呈现的样态与人的理性探测是互成互为的：当人以理性去探测所谓的文化诸样态，文化便呈现出具有条条道路和种种边界的样态；人的理性探测越深入，它便呈现得越复杂；相应于人的理性探测的深入，这门学科亦会更新、发明无穷的术语来应对随之出现的无穷现象，从而构成“概念—现象—概念—现象”之间的运动循环。这既是理性原则的逻辑派生，亦是“定义”性文化特征的派生。

通过二元对立结构来获取差异性认识，本是人的理性用以辨识、理解世界的基本思维方式，这一结构的极端发展，却是人类理性执拗孤立发展的特征及结果。对于这一点，西方文明在其源头已从神的角度加以提醒并约之以必要的诫命，即将人之理性约于与“整全”的关系之内。而在其后，人走上的理性与个体相结合的特殊的孤立道路，则渐与神和上帝训诫的那一“整全”相背离。也就是说在理性和信仰之间人曾获得某种必要的约束与平衡，随着理性个体的膨胀式孤立发展，约束和平衡逐渐被打破乃至被舍弃，人神之间亦成了蒂利希所言的“彼此之间没有依属关系”的“陌路相逢”。

在最雄心勃勃的人类学家的研究里，“文化”一词不再仅仅代表人类文化的物质或精神的可触表层，还代表着人类的意识和认识。在列维－斯特劳斯以及后来的格尔茨、萨林

斯等人的研究[1]中可以看到，人类学家试图通过对自身与他人的差异性研究绘制出可能的人类意识图式（世界观及宇宙观、人性观）。由此，人类学与历史学、心理学等学科的结合就不是一种学科性偶然了，而是一种智识性必然，在这种结合中人类学家得以发挥他们的雄伟野心，描绘出人类文化及其意识的交通路图，而不管用以绘制的工具是时间、空间、符号或结构。但是，建立在人之纯然孤立理性之上的智识野心终究有限，难免沦为不断划分边界的理性活动，成为个体理性另一花样翻新的现代绘制。

在具有注释性特征的文化传统中，其最高原则是“自然”和“道”而非人的理性，所谓的“天下”亦是居于最高原则之下的某种图示。虽然“自然”及其“道”是难以明言，无法尽说的，但它确实构成了人之实践的最高准则，人则从这一整体性原则出发，在其下进行循道的、“注释”性的生命实践。这样的文化传统认为人的理性难免有限，对自身理性的运用亦在有无之间（或说在聪明和糊涂、模糊和确定之间）。

因而在这整体性的大道原则下，依循文化传统中的注释性特征，我们有可能进行一种“重新解释”的活动，并重新

---

① 参见［法］克洛德·列维－斯特劳斯《野性的思维》《结构人类学》；［美］克利福德·格尔茨《文化的解释》《地方知识》；［美］马歇尔·萨林斯《历史之岛》《“土著”如何思考——以库克船长为例》。以及人类学在民族志方法论上的反思作品，如［美］马尔库斯、费彻尔《作为文化批评的人类学——一个人文学科的实验时代》；［美］詹姆斯·克利福德和乔治·马库斯编《写文化——民族志的诗学与政治学》。

建立自身与西方现代价值体系相关却不必相同，亦不必相对立的价值体系。

这样的“重新解释”首先意味着对传统的重新理解。但这个传统并不仅仅是我们自身的传统，亦非仅仅是西方现代“传统”，还包括了对西方古典传统以及从人类学出发对其他文明和传统的深入理解。在这样的“重新解释”当中，我们也许可能探寻建立具有中国特色的现代价值体系的途径。而对西方传统与现代社会价值体系的理解绝非片段性的撷取可能成就，这种片段性撷取即梁漱溟先生曾批判的那种以为“西洋的东西”是“一个瓜，我们仅将瓜蔓截断，就可以搬过来”① 的举动。为了避免前人从晚清开始即进行的“截瓜”之举而实现较为完整深入的理解，我们得从自身命运出发对西方现代价值体系进行追根溯源式的研究，寻找在理性框架下进行“重新解释”的可能，从而为自身价值体系的重设寻找活水。

“重新解释”还意味着重新审视自身，关注点仍在于以“自然”和“道”为整体性价值体系的解释框架，在此框架下将现今社会及其观念作为自然运动之一段来理解，从而在自身内部实现转换或转型。转换或转型的基点并非西方现代式之“变革”，仍可被视为不离《周易》之“变易”，即不离自然运动之相对、调和及平衡。就此而言，在“注释”传

① 梁漱溟：《东西文化及其哲学》，上海世纪出版集团 2006 年版，第 13 页。

统中进行“重新解释”即梁漱溟先生曾言的“接受西方文化而改过其态度，同时批评地把中国‘原来态度’重新拿出来”的说法。从中国近代开始，从以梁漱溟、熊十力为开端到牟宗三等被称为“新儒家”的学者们的思考中我们都能看到这种“重新解释”的价值取向。[①]

费孝通先生晚年亦曾就此在人类学学科领域内进行了深入反思，如提出以“场”的概念来取代文化“边界”的观念。费先生认为，“边际和边界不同”，边界有一条清楚的界线，“在界线两边分属于不同的单位，一过界就属于另一个单位，两方不相重叠”，而“边际是对中心而言的。从一个中心向四周扩张出来的影响，离中心越远，受到的影响就越小，成一种波浪形状。这相当于力学里‘场’的概念……场就是一种能量从中心向四周辐射所构成的覆盖面。在这一片面积里，所受强度只有程度上的差别，深浅、浓淡等等，但是划不出一条有和无的界线”。费先生由此进一步思考“文化是否有边界”的问题，认为西方欧美国家把不同文化划出界线以强调文化冲突是很危险的，而如果把“边界”概念改成“场”也许可以纠正这个倾向，从而“把冲突变成嫁接、互补导向融合”。[②] 在这种以“场”取代“边界”以及在他

① 杜维明先生则明确提出“创造性转换”的说法，参见［美］杜维明《儒家思想新论——创造性转换的自我》，江苏人民出版社 1995 年版。

② 费孝通：《反思·对话·文化自觉》，《论人类学与文化自觉》，华夏出版社 2004 年版，第 182 页。

对世界文化“和而不同”[①] 的提法当中，都能看到在整体观念下“重新解释”的进路。

对我们自身而言，这也许是一条“批评地把中国原来态度重新拿出来”、重新认识自身、重新建设自身价值体系的有效道路。[②]“重新解释”式的追溯到古代或传统并非为了复古，亦非为了意识形态的复兴[③]，而是将各类传统视为人类的心灵资源，视为现今的源头与活水。我们试图以“重新解

---

① 参见费孝通、李亦园《从文化反思到人的自觉——两位人类学家的聚谈》，《战略与管理》1998 年第 6 期。

② 并不仅仅在东方，西方思想者亦在思考对其传统及重大观念的反观式的重新解释，以期为现代性当中存在的问题寻找丢失的环节，进行改正与修补，如施特劳斯（Leo Strauss）对西方古典作品的政治哲学路向的再解释，参见［美］列奥·施特劳斯：《自然权利与历史》，彭刚译，生活·读书·新知三联书店 2006 年版。在其他领域例如在科学史界，托马斯·库恩对科学“范式”的阐述亦可被视为一种反思传统、重新解释意味上的努力。库恩的《科学革命的结构》一书从整体上说是对科学作为一种持续发展的运动的说明，“范式”一词代表了科学在不同历史发展阶段的集成形式。在该书中他首先将科学研究作为人的一种活动进行了“还原”，在科学研究活动中包含着科学家们的观念集成（“科学共同体”的概念），因而科学也可以视为一种观念的运动，而非如同一般教科书所说的那样是事实、理论和方法的总汇，而科学的发展则是一种纯粹累积的过程。如果说之前的“科学主义”达到了一个巅峰，以至于人们对科学的合理性与进步性深信不疑、将科学本身视为真理，那么库恩则是将“观念”（科学家的个人意识、科学共同体、信念等）视为一个“前科学”的范畴，从而将这一被人深信不疑、真理化的“科学”与人的“观念”这个主观性范畴联系了起来，即将“科学”视为人的观念的持续运动来进行理解和研究。这一点以及他对“范式”的阐述（如认为科学“范式”包含科学家的主观意识）令该书在产生巨大影响的同时招致许多争议。参见［美］托马斯·库恩《科学革命的结构》，金吾伦等译，北京大学出版社 2003 年版。以及 Margaret Masterman，“The Nature of a Paradigm” in：Imre Lakatos & Alan Musgrave（eds.），*Criticism and the Growth of Knowledge*，Chicago：The University of Chicago Press，1970。

③ “没落”或“复兴”亦是观念，包含着历史与时代的特殊因素，如作为一种人们生活于其中的鲜活传统，“儒家”或“儒学”的“没落”与“复兴”都有着字面以外的其他含义。“复兴”的可能性总是体现于为心灵提供新元素的可能。

释”的方式去感知并接近古代的心灵，正是为了更好地体察自己这个现代的心灵。

本章中我们分别以“注释”性和“定义”性来简单概括中国传统文化和西方现代文化在对比中显现的特征，并延伸到对中国人类学研究道路的讨论当中。“对比”这一行为本身包含了运动的相对性，也包含了动态和静态之间的矛盾和冲突。被对比对象之间是相对、互成的，当中的差异与特征不能作为单项独立存在，而总是作为相对中之一项而存在，并在相对并举中获得暂时的平衡。因此，“注释”性特征和“定义”性特征这样的简单概括和简单对比本质上是一种整体相对运动下的暂时性成立与暂时性平衡。

本书正是在整体相对运动的注释性框架下进行的，包括对西方的理性、个体、信仰等观念的发展及彼此间相对性关联的阐释与分析；“重新解释”亦是在这样的整体相对运动的前提和框架下进行的一种思考，从对俄狄浦斯和约伯道路的理解到对梁漱溟观念的阐释正是一种以“重新解释”为进向的尝试。接下来，我们则将回到中国传统文化中来对这一整体相对运动的诸特征加以考察。

第五章

文化之“和”

前文曾论述了梁漱溟先生“人生三路向”说引出的一系列问题，其中一个问题是：所谓的“向前”“向后”“持中”这三种人生态度建立在何种区分方式之上？当时回答较为简单：该论先划分出物质与精神这两个相对的端点，再于其中料取一段，即成“三”，“人生三路向”说由此体现了一种精神发展的观念，显示出达尔文进化论的影响。

但是对于这一点，我们当深入挖掘下去。

达尔文的进化论对当时中国知识分子关于进化、进步以及发展的观念确实已经产生并将持续产生重大影响，梁漱溟对此亦有详细阐述；实际上达尔文的进化论在世界范围内都已形成深刻影响，在考虑产生影响的各种相关因素时不可能不考虑这一点。然而，与此同时也有另一种可能，当时人如梁漱溟也许只是借用达尔文的一些术语来转述中国的某种古老的意思，正如他们在别处也乐于借用柏格森、爱因斯坦等人的术语来转述那些古老的意思一样，虽然这样的“借用”有时会引起一些误会。

第一节 “和”与“智慧”

一 相对与运动：“一—二—三”

如前文所述，“人生三路向”说的核心为人类的三种文化精神，亦是人类文化的三种根本态度。然而“三”从何来？为何是三种路向、三种态度、三种精神，而非“二”或“四”？此“三”是否可能具有别样的意谓？

我们可以回到梁漱溟对中国文化特征的描述中去寻找答案。梁曾对中国文化那一套“形而上学的大意”进行过阐述：“中国这一套东西，大约都具于《周易》”，虽然各家说法不同，

> 却有一个为大家公认的中心意思，就是“调和”。……其大意以为宇宙间实没有那绝对的、单的、极端的、一偏的、不调和的事物；如果有这些东西，

> 也一定是隐而不现的。凡是现出来的东西都是相对、双、中庸、平衡、调和。一切的存在，都是如此。这个话都是观察变化而说的……所谓变化就是由调和到不调和，或由不调和到调和……一切事物都成立于此相反相成之调和的关系之上；纯粹的单是没有的，真正的极端是无其事的。这个意思我认为凡是中国式思想的人所共有的。①

在梁漱溟看来，这套“形而上学大意”实在贯穿于中国传统文化当中，后来的儒道释三家并不彼此隔绝而都有所贯通。倘若如其所述，“大概凡是一个有系统思想的人都只有一个意思，若不只一个，必是他的思想尚无系统，尚未到家”②，“人生三路向”说与“形而上学大意”难道也是“一个意思”？这些名词——调和、不调和、相对、相反、相成等，难道只是对某“一个意思”从不同方面反反复复进行了表达？

中国的“形而上学大意”与“人生三路向”之间的关联可谓漫无边际，倘若聚焦到二者自身来看，其中一个重要关联点则为“三”。对于这个“三”有无穷无尽的阐释，其中直接明了而含义无穷的是在“道生一，一生二，二生三，三

---

① 梁漱溟：《东西文化及其哲学》，上海世纪出版集团2006年版，第114页。
② 同上书，第117页。

生万物”（《道德经》第42章[①]）一句中。

详细叙述该句具有何种版本、校勘、考据上的不同含义并非本文任务，我们现在只是欲以已听得起茧的耳朵再去听听古人之说，这当中必然包含了时空的差距，然而古人的意思中也许正包含了弥合这种时空差距的努力，对此我们正需仔细倾听。不过正如《约伯记》所述，在倾听当中亦需包含“倾”之情感，我们才可进入那个世界，那个世界亦才可随之进入我们自身的命脉之内。

“道”是中国古代表述智慧之词，难以明说的智慧都可统称为“道”。道是难以明言或即使言之亦无法尽说的，因之常以喻言，在老子那里如此，在孔子、庄子乃至后来的释氏经典里亦如此。中国古代经典对智慧与道的阐述言简意赅，这不仅仅因为古代汉语的特色，也因为智慧与道本身难以明言甚或无须明言，对它们的阐述常非清晰明确的定义，而是充满了含蓄与暗示。其力量也正在此。正是这些含蓄与暗示给后世无穷无尽的启示，也给后代留下了无穷无尽的阐释余地，“道”字依止的“道路”之意亦由此延展其无穷尽之相。

“道生一，一生二，二生三，三生万物”只有一个句式，即“甲生乙”，在这一简单句式里只是主语和宾语有别，那么首先令人注意的就是那个将不同名词联系起来的

① 《道德经》版本众多，除汉代河上公注本、王弼注本而外还有帛书甲乙本、郭店楚简本等。本书摘句取自陈鼓应《老子今注今译》（参照简帛本修订版），商务印书馆2009年版。

动词——那个“生”的含义。生是生发、生动、生长、生息之生，是一种动态，一种运动。这句话首先以其句式表明了自然万物间的运动，那些名词皆因“生”而动而流转。

此句起首为“道”，然道从何来？在《道德经》里有“人法地，地法天，天法道，道法自然”（《道德经》第25章）的说法，“道”从“自然”而来，所以“道”与“自然”之义稍微有别，比“自然”之义所约略精①；要知“道”，就要先看看“自然”。所谓“自然”并非哪个具体，并非习常以为的那个物理宇宙或生态环境，而是事物的本然。事物的本然/自然又与两个观念或范畴相关，即《道德经》开篇阐明的“无”与“有”：“无，名天地之始，有，名万物之母。”（《道德经》第1章）

“无”虽然是一个重要概念，却没有太多可说。“无”即无动，无动则无变易，无动无变易则无相，无相则除了“无”“空”“虚”② 这些有限的名之外再无可说，正如同数列里的那个零。

人可说的只有“有”，人可探察、追究、立言至无穷的

---

① 关于“道”与“自然”的说法众多，河上公注“‘道’性自然，无所法也”。董思靖说：“‘道’贯三才，其体自然而已。”（《道德真经集解》）吴澄说：“‘道’之所以大，以其自然，故曰‘法自然’。非‘道’之外别有自然也。”（《道德真经注》）童书业说：“老子书里的所谓‘自然’，就是自然而然的意思，所谓‘道法自然’就是说道的本质是自然的。”（《先秦七子思想研究》第113页）转引自陈鼓应《老子今注今译》，商务印书馆2009年版，第173页。

② 在《道德经》里，“无”的范畴与“空”的范畴基本相当。“虚”“空”“无”三者在随后的观念发展中则体现出细微的差别。

只有“有”。“有”依“无”生，“此两者同出而异名”（《道德经》第1章），没有“无”就没有“有”。“道生一”之“一”可被视为“有”的动态的整体性显现，它包含了一切物质及一切物质的聚散变易之相。“一”看起来似乎只与“有”相关，实则有无同时，“一”既是“有”，也依托于“无”。① “道生一”不仅是“生”之动，其自身就酝酿于有无之间本然的欲动。

“有”的根本是动、是变易，凡被视为“有”的都处于运动变易之中，不动则无变易，无变易则非“有”而是“无”。有动有变易则有聚散，一聚一散是为生灭，有生灭则有相续，有相续则有无尽之“有”可说，生生灭灭，聚散相续，是为动之不息，亦即《周易》所言“生生之谓易”（《周易·系辞上》）。

在“生生”之运动过程中，有变易就有聚散消长，有聚散消长就有高下、长短、前后、内外、寒热等的相对，这些相对可被视为由一而生之“二”；“二”即“生生”之运动过程中产生并形成的种种相对。有人或以“天地”“阴阳”乃至“有无”来解释“二”，但从根本而言，天地、阴阳亦代表着“二”包含的无穷的相对关系，尤其是其间能量聚散消长的关系。“二”生发于“一”之运动，“二”之所本仍

① 可参王弼此句下注：“万物万形，其归一也。何由致一？由于无也。由无乃一，一可谓无？已谓之一，岂得无言乎？”［（魏）王弼：《老子道德经注校释》，楼宇烈校释，中华书局2008年版，第117页］

是道与自然之有无，亦即其所本为相对，非相对不成此“二”。[①]

那么何为“三”？“三”常被认为特指具名之物[②]，此处不介入具名之辨，而专注于“生”之运动的呈现。

自然运动不息、生生不息，整个运动过程包含了种种相对关系：由运动而生高下，此高下亦同时产生另外的运动；由运动而生前后，此前后亦同时产生另外的运动；一切运动的要素即在于有无相生、相对、相续、相成。所有的“二”——所有那些在运动中呈现为相对的——在持续的运动中体现出某种规律，事物遵循这一规律而持续运动，因此无论具体所指为何，“三”都包含了对相对运动之关系、规律或结果的表达。有规律的持续运动构成了生灭聚散的循环而生“万物”，万物即是各种不同成分物质的运动聚合体。万物亦万象，“万物”一词代表了无穷运动的过程及运动过程中的种种暂时性显像。

---

① 于“一二三”的解释一直众说纷纭，古人只给出简单几句话，看的角度不同，就会得出不同解释，而每一种解释都包含了不同的时代观念，本书亦然。对“一二三”之不同理解的梳理可参见陈鼓应《老子今注今译》（商务印书馆2009年版，第233—236页）。而解释中之精辟者大多是对同一种古老意思的反复阐释，如清朝道门中人黄元吉：“太上曰‘道生一’，道何有哉？虚而已矣。然至虚之中，一气萌动，天地生焉，故曰：‘有物混成，先天地生。’无极之先，混混沌沌，只是一虚；及动化为阳，静化为阴，即‘易有太极，是生两仪’是，所谓‘道生一，一生二’也。”［（清）黄元吉：《道德经讲义》，蒋门马校注，宗教文化出版社2003年版，第99页］

② 对于“三”古来有各种说法，如“天地人”三才（见《周易》之《说卦》《系辞下》），如“天地水”（据郭店楚简《太一生水》），不一而足，亦有认为指“第三”，如“冲气”“和气”之说。参见陈鼓应《老子今注今译》，商务印书馆2009年版，第234页。

因而，“道生一，一生二，二生三，三生万物”一句以“生”而提挈出了一个持续不断、生生不息的运动过程，一切皆由“生”来统摄运转，运动是万事万物的本质，运动当中包含相对，相对之中包含运动，由相对而形成有规律的持续不断的运动。

运动持续不断无始无终，无清晰明确的开始或结束。在持续的运动中我们可由任意一点切入，由此切入点而形成暂时且相对的“始终”。所谓“始终”即源于人进入运动过程探察时的那个切入点，因切入点不同而“始终”相异；“点”与“始终”可被视为运动因被切入而呈现的现象，亦包含了所谓“静态”与“动态”之间的矛盾和冲突。

运动是万事万物的本质，这也意味着我们的探察不应止于在外观看，还要进入运动之内并随之而运动，才能对整个运行过程了然于心。与此同时要保持相对在外，内与外也是一个相对关系，也形成内外之间的运动。如果我们始终在相对关系中去看待运动，在内就不会迷失，在外就会提升；提升的过程亦即周而复始的理解与领悟过程。

古人仅仅简单地说“道生一，一生二，二生三，三生万物”，同时说“道可道，非常道；名可名，非常名”（《道德经》第1章），这并非故弄玄虚，而是因为所有这些都从自然以及自然的运动中来，而对自然及其运转的根本，除了自己去观察、体会，任何人都没有办法用语言完全说明白。人在其生命过程中不断体验着自然之运动，不同的生命体验生出了不同解释，它们也许正是对同“一个意思”——自然与生命之生生不息的运动——的反复解释，这些解释也许正是生命对于自然之道的心心印证的过程，也是每一个具体生命的旅程。当梁漱溟说宇宙不是静的而是动的、变化的，都是从调和到不调和或由不调和到调和，无时无处不是调和等时，其指涉亦不离这同“一个意思”。

古人将对生命的理解蕴于自然的运转之内而非把人单独划分出来考虑，即老子另一句话所言：“天地不仁，以万物为刍狗；圣人不仁，以百姓为刍狗。”（《道德经》第5章）自然之道无所谓人之“仁”，人与万物一般皆为自然产物，亦都按自然规律来运行。这种理解将“人”还原于自然运转规律之内，不特别强调人在万物间的特殊，尤其不强调个体人生之殊相，这一点则源远流长而迄于今，同时深刻影响了中国古代文学艺术的形式。文学艺术形式亦是人的生命的表现形式。

二　循道之智慧

（一）智慧之道

梁漱溟的“人生三路向”的说法，亦可视为古老智慧的现代版本。它首先切入不断发展的普遍的人的现象，于其中撷取相对峙的两端——“物质”和“精神”，此二者彼彼相对，亦即那个“二”；正如同冷暖、高下、前后、内外，人包含的物质与精神两面本是一体，是相对的区分，亦总是相对同时存在。对于此相对之“二”，梁漱溟则分别用西方文化和佛家文化来做代表，在表述上用某种文化来做“代表”难免显得偏颇，但在“代表”的后面，在“人生三路向”的说法里，梁漱溟着重展现的仍是那种古老的智慧，即对自然与世界生生不息之运动的看法，人类之从物质到精神的发展，正是这一生生不息之运动的表现，而当中不可或缺的即为“三”——那个对物质与精神之间相对运动之关系与规律的表达，其表现即为持中与调和，亦即梁漱溟认为的中国文化及儒家的精髓。

虽然就“发展”层面而言，“人生三路向”说与达尔文的进化论有片段性的类似之处，其本质仍是中国古老智慧对自然、生命之运动不息的观念。它体现出梁漱溟对人的物质性和精神性的理解和处理方式，即以中国传统文化主脉当中的“和”，为现代性中极端相对之“二”注入调和的因素，使之显现为一条完整的人类精神发展之道。

“和”，即调和，并非纯然静态，而是相对之运动显现的暂时平衡的现象。“和”由各种关系、条件和合而成，各种关系条件即处于运动之中的关系与条件，是不断运动变化的。作为一种平衡状态的“和”是相对的、暂时的，它包含了各种各样的相对条件，亦包含着这些条件之间的关系，而非固定、静态的；其形成与消失都在运动过程当中，形成和消失是一起的、暂时的。此亦即梁漱溟所述之“所谓变化就是由调和到不调和，或由不调和到调和……调和与不调和不能分开，无处无时不是调和，亦无处无时不是不调和者”。“调和”即处于相对中的各种关系、外在条件共同参与并发生影响的结果，没有这些外在条件和相对关系，即无“和”的形成，亦不存在“和”这样的状态。儒家所谓之“和”作为一种观念，包含着对无穷的运动、变化以及相对与平衡的认识，亦是那个“极高明而道中庸”之所指。作为对自然之道的认识和在生活中持守的观念，儒家所论之“和”既包含高明之“极”（自然的运行规律），亦包含持中之“道”（作为生活伦理观念）。这个“和”是同时包含了认识和实践两面的，而认识和实践之间也包含着相对转化的运动。

儒家伦理指涉的“生”“仁”这些观念与自然、生命的运动以及相对之调和息息相关。梁漱溟论及的孔子对“生”的赞美，“不认定”“不计较利害”的态度，任“直觉”乃至“仁”之意，亦都不离此：

> 孔子赞美叹赏“生”的话很多，如“天地之大德曰生”，“天何言哉，四时行焉，百物生焉，天何言哉”……这一个“生”字是最重要的观念，知道这个就可以知道所有孔家的话。孔家没有别的，就是要顺着自然道理，顶活泼、顶流畅地去生发。他以为宇宙

总是向前生发的。[1]

直觉敏锐且强的人其要求安，要求平衡，要求调和就强，而得发诸行为，如其所求而安，于是旁人就说他是仁人，其实他不过顺着自然流行求中的法则走而已。……道在调和求中，你能继此而走就是善，却是成此善者，固由本性然也。仁就在这一点上，知也在这一点上……这自然流行日用不知的法则就是“天理”……天理不是认定的一个客观道理，如臣当忠、子当孝之类；是我自己生命自然变化流行之理。[2]

道在调和求中。“和”融转于道之一二三之内，亦融转于运动之中。正因此，“和”“仁”等观念在儒家经典的表述中几乎无所不包却又仿佛难以把握，它们并非清晰明确的逻辑概念，而是对运动变化中的关系和规律的笼统表达，对之的理解不仅需要观念上的认识，更需进入其中加以实践，包含了认识与实践的关系和转化。道之“一二三”所指不一定具体，亦可指涉最具体的观念，从而运用到一切关于生命的现象上去——从对宏大的宇宙自然到细微的日常人事的理解。循道之“和”与“仁”亦是如此。“天人合一”有天、人之相对，亦有“合一”之运转，其间不离那个“一二三”、相对与调和的道理。

---

① 梁漱溟：《东西文化及其哲学》，上海世纪出版集团 2006 年版，第 117 页。

② 同上书，第 123 页。

于此自然流行运转之道，古代各家说法虽然最终去向不同，其间却颇有可通之处。即使佛家，其所述的“无常无我”“中道了义”“不落两边”（即“空”“有”二边）“非常非断”“相似相续”等亦包含着有无相对、互成流转之意，与此道亦有相通。

由佛法看来，世间由各种因缘条件聚合而成，万法皆因缘而就，在关系当中相互依存并不断变化，因而不具备世人通常以为的那种不变的、独立实在的自性，此种认识即“无常”，即一切都在变化之中。“无常”并非某种僵化固定的否定性认识，它认为所谓的“万事万物”由诸多因缘条件和合而成而非单独存在，任何事物都与他事物相互关联并不断流转变化，因而是建立在对万事万物本无自性的认识之上；对“我”的认识亦如此。世人正因拘泥于事物以及“我”之虚有自性而造就诸多烦恼痛苦。佛法教人以“因果”“无常”来观照世间，在这个放大镜下，人间的种种执着追求实为真假颠倒，正如梦幻泡影。认识到人生活在满是虚妄认识的世界里，认识到其自性为空而不执于此，亦即识得“空性”与“无我”。

佛法所论之“无常”“无我”“空”等建立在对世间因果关联及其流转变化的体悟之上，亦是对这一体悟从不同方向进行的阐释。而依照因果关系对世间万法的无常、无我、空性的认识与了知即般若，亦即智慧，佛法即是教人经戒定慧三学而最终以智慧去认识人生与世界之实相并获解脱①。

对自然、宇宙、世间之道有清醒认识并循之践行常被称为“智慧”，循道之“和”与“仁”亦是智慧之道。儒道释诸家在其最高处都谈到“智慧”，亦都提倡用“智慧”来反观、查验具体的生命和人生。“智慧”能如明镜一般了知一切现象运动的规律及关系，与此同时，智慧并不是某个高不可攀的认识顶点，而就是认识的道路本身，是具体生命的践行过程。也就是说，智慧包括认识和践行两方面，二者同时而在缺一不可。对智慧的理解，需要这个欲去理解的人把自己的生命及热情投入在内，在这条道路上不断摸索领悟，亦按照所得的领悟和理解去生活、去实践，从而不断产生新的理解与认识②。

各大宗教在极高或极深处都谈到“智慧”，亦即明了万事万物之间根本关系和规律的那个“智慧”，儒道释如此，基督教亦如此。在不同的文化传统中，对“智慧”有不同表达，这些不同表达与生命属性的结合形成了不同的信仰与宗教，然其本源都处于“智慧”的范畴之内。所以《约伯记》“智慧诗”中会有这样的诫命，“敬畏主就是智慧，远离恶便

① 佛法所说的“般若”即是以智慧来观照生命，以此了知生死、断恶修善并得无畏而在智慧圆满中得解脱。此亦即《般若波罗蜜多心经》里所说：“依般若波罗蜜多故，心无挂碍；无挂碍故，无有恐怖，远离颠倒梦想，究竟涅槃。”

② 此亦即“知行合一”。如新儒家所说：“此中我们必须依觉悟而生实践，依实践而更增觉悟。知行二者，相依而进。”参见牟宗三等《为中国文化敬告世界人士宣言》，《当代新儒家》，生活·读书·新知三联书店1989年版，第20页。

是聪明”，当中谈论的“智慧”既是对生命的认识，同时也是在生命的不断践行中把其生命属性完全交付于这一认识的过程——此即前章所论之“相遇与合一”。

知行合一的循道之智慧是理解古代经典的钥匙。儒家经典《大学》开篇即言：“大学之道，在明明德，在亲民，在止于至善。知止而后有定，定而后能静，静而后能安，安而后能虑，虑而后能得。物有本末，事有终始，知所先后，则近道矣。”①

所论之“道”或“明德”为何，《大学》里并未明言，它只说要“明明德”，就是去弄明白明白的道理，然而什么是“明白的道理”？《大学》虽未明言何为“道”，何为“明德”，却着重写了如何循其“道”而去“明明德”，即后半句所说：“知止而后有定，定而后能静，静而后能安，安而后能虑，虑而后能得。”——“知止、定、静、安、虑、得”，这几乎就是一整套践行修养的功夫。而在如此这般地修养之后，就“能得”，就能“明明德”了，然后再由己及人，去“亲民”②；内外兼修，则“止于至善”，也就“近道”或“明道”了。

《大学》里所说的这套由“明明德”到“止于至善”的修养功夫，与佛家的“戒、定、慧”，道家的“涤除”“玄

① 本书所引《大学》语句摘自《四书章句集注》[（宋）朱熹撰，中华书局 1983 年版]。

② “亲”之意既可指“亲”，亦可如朱子所言指“新”。参见（宋）朱子《大学章句集注》，中华书局 1983 年版，第 3 页。

览”的修养功夫正是在同一条“道”上。① “明道”或“近道”亦即得智慧。实际上，既然这是一条“道”——一条道路，人总得亲自在上面走一走才能弄明白其所来何自，所往何向。所以各家最终提倡的都是践行，非亲身践行不得知人生实相，非亲身践行这些“道”才不僵化、拘泥于文字，才能真正成为自己生命的一部分，成为真实生命道路的延展与赓续。所有这些“道”都是靠终生不渝的持续修行才能真正领受。

极高处的智慧只能体会无法明言，古人只能以各式比喻或旁敲侧击的方式提醒人们要去自然与生活中亦即在践行中去体会这个难以说清的道理，因此《大学》里接着就说到，欲“明明德”——要明白这些明白的道理，就要通过“格物、致知、诚意、正心、修身、齐家、治国、平天下”这一系列从内到外、由己及人的践行方式来进行。这种“明明德”的认识及践行方式贯穿了各家，亦体现在传统中医之“道”里。道法自然，自然呈现其道；中医之道亦循法自然，所本也是从对自然的观察里得来的智慧，《黄帝内经》即古人熟读了自然运转之“天书”后将观察经验总结出来的结果。

“上古之人，其知道者，法于阴阳，和于术数，食饮有节，

---

① 对此前人多有论述，如憨山大师的《大学纲目决疑题辞》《观老庄影响论》，参见（明）憨山《憨山老人梦游集》卷四十四、卷四十五，北京图书馆出版社 2005 年版。

起居有常，不妄作劳，故能形与神俱，而尽终其天年，度百岁乃去。”（《黄帝内经素问·上古天真论篇第一》①）——“知道者”所知其“道”为何？“法于阴阳，和于术数”具体何解？《黄帝内经》并没有明说，却无处不是在说这个。如果说《黄帝内经》作为中医之所本说了什么疗病之道的话，此“道”皆由对自然之运转的观察而来——自然之道是怎样表现的，人应如何依循自然之道，亦即将对自然运行规律的体悟用到对人的生命运行规律的体悟和应用上来，通过自然之道来了解疗病之道。这同样是那个“明明德”以及“格物致知”的方法。

《黄帝内经》讲阴阳、聚散、动态与平衡，一切物相皆分阴阳，生命亦如此，每个人体质虽有不同，但物质阴阳聚散的道理是一样的。人出生的时候是一个“有”，也是“空”，在其身上不光是生命的诞生，同时亦承载着代代传承下来的无法明言的东西——那个“道”；因而治病首先就要“明道”。② 学习中医是从认识自然和事物运转的规律开始，亦是从某种循道之思维方式的建立开始。在根本思路上，传统中医并非简单属于某种医疗技术，而是一门与传统各家相贯通的、关于自然的生命哲学及实践。

---

① 摘自《黄帝内经素问校注语译》（郭霭春，贵州教育出版社 2010 年版）。

② 此处对《黄帝内经》的理解和论述从中医王义沛先生处获得诸多启发，在此对王先生深表感谢。

（二）对智慧的“重新表达”

当我们回过头去看时，在“道”与“智慧”这个最高范畴里，人类的心意是相通的，当中没有深不可测的鸿沟，都是人必须亲自实践的生命道路，而鸿沟与边界都由人的“理性”——那个分辨与分别而生，今天依然如此。现代人以各种方式空前强化了自身之理性，形成了条条种种的边界和鸿沟，而我们也因此才需要回过头去看看，在古希腊、古希伯来或古代中国那里，所谓理性为何，自我与个体为何，信仰与智慧为何，由此我们才可能看清人类生命与自然宇宙以及信仰的关系——那一真正的“精神历程”——是怎样从一种相属相涉的生动关联变成了文字，变成了描述，变成了历史，变成了固化乃至僵化的教条，同时亦才能在古今中西的交叉路口去摸索自己道路的方向。

然而，对此其实也没有更多可说的。对那些可以说清的部分，古人已经以各种方式表达得明明白白，我们正需仔细倾听，在倾听中重新理解自身的生命，然而更重要的则是将这种理解与自己的生命道路重新联系起来，不然也就听而不闻。

具体到此时此地以及此身，现今谈论的包含儒道释在内的中国“传统”文化莫不相对于“现代”而提出，对传统的重新提出在某种意味上也就是重塑。但是，“重塑”并不简单意味着对它们进行花样翻新的解释，而意味着对现今呈现的令人眼花缭乱的万事万物，仍旧依循此“道”去理解、把握，将它们重新置于永恒的相对性运动当中，同时把自己投入这个相对性运动中，让自己的生命随之而运动，从而去看清它，也看清自己。在人类与自然的流转更替中，“古今中西”都是一些相对性的表征，是运动暂时性平衡之现象或显相。

因而，在这整体性运动中，对传统的认识便同时包括了如何认识自然和生命，认识其生生不息之运程，认识人自身的理性，以及理解我们所处的这个具体时代具体地点在自然生命运程中的意味，亦即在相对与调和的变易关系中去理解包括人自身在内的万象。这也正是本书从古希腊悲剧的阐释开始，进而到古希伯来圣经，再到梁漱溟先生的“人生三路向”说以及中国早期人类学的道路，从所谓西方传统回到我们自身传统的缘故。从根本而言，我们对“传统文化”的认识都是我们自身生命历程的一部分，生命代代不息，就构成了所谓的重新表达。

这也许亦是以中国传统文化呈现的循道之智慧切入整个现代性的契合点。这个契合点也许正是梁漱溟先生在提出“人生三路向”说时站立的那个点，也是近一百年后的今天当我们重新回头去查看这一“人生三路向”说时切入的那个点。这个切入点将整个人类视为一个自然肌体，这个肌体在持续不断的运动过程当中包含了无穷的相对与冲突，正是在无穷的相对与冲突中，整个人类生命亦不断地获得更新与变易。对于现代世界以及现代性中所包含的越来越强化、越来越极端的二元对立、矛盾与冲突，中国传统文化关于运动、相对和调和的观念，也许恰好能在其间成为某种调和性因素。

但是，这并非简单地意味着中国文化的“复兴”，而是意味着，当我们将人类视为一个持续不断的生息发展进程时，其间本就包含了关于运动、相对与调和的自然观念，而中国古代对自然的不息运动曾有过出色的表达，对此我们需仔细倾听，正如我们亦需仔细倾听从西方文明之源传来的声音一样。我们应当重新返回到人与自然的整体关联中去重新理解现在的世界与自己。

然而亦如前文所述，由于人的切入与探察，整个运动过程就形成了某种暂时而相对的“始终”。点和始终是相对于整个运动而言，切入点不同则形成不同的始终，这些点与始终都是由于人类理性之探察与切入而呈现的现象。“文化”二字亦如此。作为现代性之下的重要观念，“文化”二字也许亦是一个切入点，因这个点的切入，人类的运转与发展就出现了某种暂时的“始终”。

因此，接下来我们将通过对一个关键观念——“文化”的分析来考察一下，如果采用相对运动的整体性注释框架，“文化”究竟何谓以及中国“文化”或“精神”究竟何谓。

第二节　文化的相对性

一　文化的相对性：文化与文明

（一）对“文化”观念的追溯

从本书的第一章乃至从前言开始，我们进入的一个重要范畴就是“文化”。作为中国人，当我们试图理解自身传统或西方传统及源头——包括古希腊、古希伯来的时候，这样的举措本身不仅已进入了文化范畴，同时亦进入了文化比较的范畴。

说文化是一个范畴是因为文化并非仅是一个简单概念，亦非某种单一实体。文化与人的生活相关，人类的具体生活包括从政治、经济、文学、艺术亦即物质与精神的方方面面的不断积累就是文化。要理解一种文化，光靠语言或文字都是不够的，还要到其生活中去实地感受才可能有真切的理解，这也是文化人类学这门学科那么强调在地性“田野调查”的原因。

在字面意义上“文化”仿佛是一个静止不变的观念，而作为不同人群生活的积累，“文化”实际上是鲜活的。出于研究的需要，研究者们把人的生活相对性地“静止”下来，从中提取某些差异，获取某些特征，这是进行理性研究的前提。正是在这样的理性研究之下才真正出现了“文化”这个观念，这个观念也会反过来作为一种理论指导人的研究活动，但这并非意味着人的生活须按照某种“文化”观念来进行。生活本身是自然持续进行的，把其中一些因素进行归类、提炼属性、提取其中关系、制定相关定义，并将这些无所不包的东西命名为“文化”，是研究者们做的事情；“文化”从来不是静止的，也不仅仅是写成文字、记载在民族志里、安置在博物馆灯光下的那些物品，它始终与这个“文化”里的生命息息相关。

西方思想史家曾对“文化”一词的起源进行过详尽追溯，这并非单纯的知识积累，而是为了加深对时代以及自身的理解。在这样的追溯下人们发现，“文化”一词即使早就存在于词典当中，它现在被人熟视无睹的意义却直到近代才获得，是一种在研究过程中、在追溯中亦是在重塑中形成的观念结果，正如威廉斯（Raymond Williams）所述，“作为独立名词的‘文化’——一个抽象化的过程或这种过程中的产品——在18世纪末之前，不被重视，而且在19世纪中叶之前并不是很普遍”①。

---

① ［英］雷蒙·威廉斯：《关键词：文化与社会的词汇》，刘建基译，生活·读书·新知三联书店2005年版，第102页。

另外，“文化”则呈现为与另一概念相对出现的一种相对性现象。在《文明的进程——文明的社会起源和心理起源的研究》一书中，伊利亚斯以英法和德国为例系统研究了“文化”和“文明”二词的差别及其历史性形成过程。该书认为，在18世纪的欧洲政治经济格局中，相对于据有先进“文明”、军事上据有强权的现代民族国家英法而言，德国处于分裂和经济欠发达的弱势状态，是相对“落后”和“传统”的，这种“先进”和“落后”的对比性格局导致德国的知识分子发起一场文学运动，集中发展了“文化”概念，并将偏于精神性的“文化”——而非物质“文明”——作为德国的“传统”，用以表达德国人的自我想象，这种想象体现在诸如“德国文化”与“法国文明”的差异之上。①

令人注意的是，在伊利亚斯对“文化”和“文明”的区分性阐述中，“文化”的详细特征是在与“文明”的对比和区别中获得的，二者由此构成一组相对性观念并在相互的对比中来阐明自身。但是，互生性或相对性并非二者的恒常状态。作为对生活或社会进程的模糊表述，不仅“文化”一词有自身的语义演变史，“文明”亦有，二者“长久以来相互影响，不易厘清”②。它们是在一定的理论阐释条件下才变得

---

① ［德］伊利亚斯：《文明的进程——文明的社会起源和心理起源的研究》，王佩莉译，生活·读书·新知三联书店1998年版。

② ［英］雷蒙·威廉斯：《关键词：文化与社会的词汇》，刘建基译，生活·读书·新知三联书店2005年版，第46页。二词的语意演变史则参见该书关于“文化”和“文明”的词条。

针锋相对，其中一个重要的理论条件就是“现代”。将“文化”与“文明”进行相对性阐述是在“现代”的理论框架下进行的，若非在此框架之下，二者的冲突则非必然；一旦处于现代的框架下，二者则成为针锋相对的了，如伊利亚斯所说的“德国文化”之针对“法国文明”。

“文化”这个现代观念实际上就成了一个含混的集合体，在某些条件下它与“文明”所含之义难以区分，在另外一些条件下则与“文明”所含之义针锋相对。当我们更进一步审查下去时则会发现，“文化”观念的出现不仅伴随着西方社会的现代化进程，尤为具体的是，这个观念还伴随着西方现代化进程中的种种矛盾与冲突而出现，在它身上带着这些矛盾和冲突的深刻烙印。我们需深入其内来看一看。

仔细查看各国的文化观念演变史，我们将看到，“文化”一词逐渐演变为一个特殊“容器”。

无论是在西方现代化发源地的英法，还是在把“文化”作为一个重要精神观念来培育的德国，或是在俄罗斯、日本、中国乃至伊斯兰国家和非洲国家，“文化”常常成为一个特殊的承载体，用以表明一个国家或民族的特殊性，而与源于西方而正在世界范围内普遍化的现代“文明”相区别。① 具

① 威廉斯说：“（文化的）这一种意涵，相对于正统、主流的文明，在浪漫主义运动中广为流行。它首先被用来强调国家的文化与传统的文化……后来被用来批判这一种新兴的文明所具有的‘机械的’特质。”参见［英］雷蒙·威廉斯：《关键词：文化与社会的词汇》，刘建基译，生活·读书·新知三联书店2005年版，第105页。

体来说，不仅那些非西方国家、民族或族群的知识分子大都宣称自己有着与他人不同的、独特的“精神”或“文化”，那些老牌的西方国家也不例外，如英法二国的作家或思想家便常将自身的“精神”与“文化”寄托到现代化之前的中古时代。对于这样的宣称，我们在诸如英国浪漫派的诗文、法国复辟派的著述、德国狂飙突进运动的文化斗士、俄罗斯的斯拉夫主义者，印度的甘地、泰戈尔，中国的梁启超、日本的西田几多郎、非洲中东乃至一些部落原住民的述说中都能看到，梁漱溟先生的著述对此亦有突出表述。

对于这一现象，美国学者艾恺在《世界范围内的反现代化思潮》一书中提供了简练而富于洞察力的分析，这些分析紧紧围绕“现代化—反现代化”的二元对立的框架结构来展开。在二元对立框架下，该书提出，“在反现代化意理中几乎没有例外地普遍出现一系列的二分概念，这些个二分作为一个整体，构成对反现代立场之精髓的一种描绘”①。这些“二分概念”包括文化—文明、精神—物质、直觉—理性、整全—碎裂、群体—个人等，这样的二分为思想家们所乐于采用，以与“现代化意理”相区别，“二分的一端代表了论者心所向往的价值，另一边则不是他反对的，就是他痛恨的。后者同时是现代化过程的逻辑结果，也是所有社会经历任何

---

① ［美］艾恺：《世界范围内的反现代化思潮》，贵州人民出版社 1991 年版，第 85 页。

程度现代化的实际经验结果”①。

在这样的二元对立框架下，宣称自身具有独特的“文化”或“精神”成为“反现代化意理”或“反现代化立场”的表达。这一“现代化—反现代化”的二元对立框架是如此牢固，以致艾恺认为二者彼此隔绝、不可通约，“传统与现代化是水火不相容的，前者代表着人性，而后者代表着非人性。现代化与反现代化思潮间的冲突正好代表着人性与非人性的冲突，不易解消”。②

但是，这一“在西方与非西方都很普遍”③ 的“反现代化姿态”包含的一系列二分概念也许并非仅仅位于“反现代化意理”之下，这些被称为“反现代化”的思想家们也许并不是用这些二分概念来仅仅表达“反现代化意理”？而西方文化中也许存在着一种古老的二元表达模式，只不过到了“现代”这一模式才以某种变体方式爆发性地表现出来？

对这些问题的追溯正是本书从一开始就承担的任务。要了解西方现代“文化”，就要去了解“文化”一词的现代内涵是在什么样的情境下“诞生”的。

（二）特殊而含混的文化“容器”

本书第一章对俄狄浦斯的道路，尤其对其生命道路加以

---

① ［美］艾恺：《世界范围内的反现代化思潮》，贵州人民出版社 1991 年版，第 85 页。

② 同上书，第 4 页。

③ 同上书，第 90 页。

分析，试图阐明在索福克勒斯的戏剧中（同时也在其他古希腊戏剧诗人如埃斯库罗斯的作品中），对人的理性存在的理解与表现就已是一个重要命题，而这一命题在古希腊时代就已包含矛盾和冲突。这些矛盾和冲突激烈地发生在人“认识自己”的道路上，发生在人“认识自己”与“认识神”之间。正是在所有这些矛盾冲突中，那个“个人”——“脚肿”的俄狄浦斯——的悲剧命运才得以展开，仿佛无解。俄狄浦斯的道路对人的理性与神性之间那种特殊紧张、特殊张力进行了强有力的戏剧性表现，体现了古希腊人对这一持续性关系的深思。

从《俄狄浦斯王》到《俄狄浦斯在科罗诺斯》，在索福克勒斯这一系列对人的理性存在及其神性存在进行探察的希腊悲剧里，在人的个体命运的展开当中涉及的正是后人在对现代性的考察中频频遇到的诸多命题，包括理性、个体或信仰。在俄狄浦斯命运的悲剧展述里，索福克勒斯谆谆告诫的是，倘若将这些命题作为一些单个的、彼此之间没有关系的观念来看待的话，这些相互冲突的观念则将在互不兼容、你死我活的场景里一同毁灭，正如同安提戈涅和克瑞翁。安提戈涅和克瑞翁的命运恰是两个单一观念的冲突，一个拘泥于人界的“实在性”，另一个则拘泥于非人界的“实在性”，二者本来全然无涉，却在索福克勒斯的特殊安排下针对并围绕着“死亡”这一边界性事件展开，最终成为两个相冲突的、非此即彼的固执观念并在剧末玉石俱焚。而后来，当索福克勒斯把这些相冲突的单一观念集中放在俄狄浦斯一个人身上时，观众则看到，俄狄浦斯被命运活生生地撕裂成碎片。

但是，索福克勒斯对俄狄浦斯命运的最终安排则是令他重新返回到与神的关联之内，所有满含差异的单个观念都在与神相关联的那个整全中被容纳，所有那些导致冲突和矛盾的差异都在整全的容纳中消泯。正是在返回到与神之关系的重新建构——重新的“相遇与合一”的过程里，俄狄浦斯重新被诸神接纳，他那“认识你自己”的坎坷命运亦才抵达了真正的终点。

古希腊戏剧提供了一种观念上的譬喻，也就是当我们将人的理性、个体这些观念视为一些单独的、僵固的、边界分明的东西时，它们之间将充满悲剧性的冲突和矛盾；只有将它们返还于与神的关联时，它们才能在整全中获得最完整的内涵。

对于这一重要的与“整全”相关的关联，第二章则通过对《圣经》之《约伯记》的解释来加以进一步阐明。在约伯的道路中，我们清晰地看见古希伯来人对人的理性认识与神之间那种紧密关系的阐述，只有在这关系之中，人的理性才可能成为认识到人与整全之关系所需要的那种“智慧”。在圣经《旧约》里，真正完整意义上的理性——那个“智慧”，仿佛一条通道，经由这条通道，人类的祖先亚当和夏娃从天堂跌落于大地，亦将经由这条通道，人有可能最终放弃所有那些显露的存在物，在与神的本真关系中重新认识神，返回神之处。

俄狄浦斯与约伯的古老道路已充满后世看到的发生在理性、个体与信仰间的矛盾，这些矛盾一直埋藏在人类的命运途中，亦埋藏在现代社会的脉络之下，最终以“现代冲突”的名义重新爆发出来。早在其古希腊、古希伯来的开端中，西方文明对人的命运的思考就已在由理性、个体、精神、信仰等诸多观念构成的种种二元性结构里展开，这些二元性结构包含着相冲突的双方，然而重要的是，这些二元性结构本包含着那一“关联”——那一与神或整全的“关系”。正是在这样的相关相联中，所有仿佛冲突的二元才成了彼此完整的，而非互不相涉、彼此隔绝却相冲突的“两个”。对这一重要“关系”，《旧约》的智慧书以诫命的形式进行了明明白白的表达，即“敬畏主就是智慧；远离恶便是聪明”（《约伯记》28:28，《箴言》9:10）。在《圣经·旧约》提供的语境里，这句话呈现出深刻意蕴，远远超出现代人粗暴剥掉它自身语境而从现代观念出发对之进行的各种望文生义的解释。

在基督信仰里，亦如同俄狄浦斯一样，人对自身生命与属神之义的考量必须从对自身的理性与认识的反省出发，由此才能最终抵达对人与神之真正关系的认识。这种认识亦即智慧。基督信仰是在人与神从“分离”到“合一”式的关联存在中发生的，“分离”—“合一”的关联方式亦是后世熟悉的那种二元性模式的根基之一。在这个二元模式中，相冲突的两端本在同一整体之内，亦即在某种关系之内才构成那种“相对”状态——二者之间的“相对”并非仅仅落脚于差异，而落脚于二者间不可尽分的“关系”，这正构成了理性与智慧、人与神之间那种特殊而持久的张力。

但到了后世，在理性与个体的逐步扩张下，人们则容易把其中那一“关系”遗失掉从而把“整全”遗失掉，只剩下孤零零的冲突两端以及纯然理性的二元对立结构，在这一结构中最突出的则为理性的张力及其定义性特征。在现代情境下，这种失掉了“整全”却饱含矛盾冲突的二元结构则获得了集中且偏激的表现，“现代”或“现代化”进程则承载着所有这些矛盾冲突的痕迹。由于对其间与生命本然相属的“关系”及“整全”的遗失，在相互的隔绝与偏颇中，那些相对立的理性“二元”往往趋于极端。极端常体现为理性的极端，更加难解。

“文化”这个观念亦是在理性的对立和冲突中“重新诞生”的，它在18—19世纪的词义转变，亦是西方现代思维中“定义”性特征的体现。在上述那些“二分概念”中——文化—文明、精神—物质、直觉—理性、整全—碎裂等，“文化”显得仿佛只是其中一个子项，但它其实足以容纳所有。在现代性的重新定义中，“文化”观念既是矛盾和冲突之一项，亦成了对包含矛盾和冲突的二元性结构的总体表达，成了一个仿佛无所不包的含混容器。作为对立观念，这些二分概念并未脱离从古希腊、古希伯来即已开始的二元性冲突结构，也作为由理性建构的、失却了“整全”的冲突两端，饱含着极端理性的冲突与矛盾，最终在“文化”这个含混而特殊的现代容器里沉淀下来。

所以我们才认为，欲用“反现代化意理”来容纳所有这些自西方文明的源头即已开始的二元性矛盾与冲突的话，这个瓶子显得过于狭小。这些所谓的“反现代化”命题，在现代化之前至少在古希腊时候就已现其端倪，一直伴随着西方社会的成长与发展。

（三）现代性的矛盾和冲突

自西方席卷全球的现代化进程包含了各种矛盾和冲突，这一点正是继承而来——“现代”本就从矛盾与冲突中产生。而作为现代观念下的普泛性表述，从“文化”到“民族”“民族国家”等概念亦都本具二元性冲突的品质，从来没有离开过理性、个体、信仰之间蕴含的矛盾和冲突。

如前文所分析的，现代“个体”观念正建立在理性的基础上，是人的理性发展的结果，而西方现代意义的“民族”“民族国家”等概念则是现代“个体”观念的理性扩展和理性延伸。

“个体”的特殊性是西方现代思维及现代社会发展的自然产物。将“个体”视为社会结构的基本单元以及强调“个体”对自身行为及后果的承担，构成了现代社会关于人的一种根深蒂固的社会理想。现代民族国家体系内的民族观念将民族视为“民族个体”，是“个体”的政治性体现，也先天地带着个体与集体或社会之间的种种矛盾。作为理性个体观念之延伸，民族个体与现代化和现代民族国家体系之间的关联则包括了以下两个方面的进程。

一方面，“民族”是民族国家及民族国家体系的直接构成单位。现代民族国家体系要成立并且运转流畅，就要将其下群体区分为范围相异的“民族个体”，就要按照对待个体的要求那样去规范、管理这些民族个体。而为了将群体区分为不同的民族个体，就必须在群体中制定定义、设立边界、进行分类，为此就要在比较的基础上识别差异、提取特征、界定属性，亦即界定某团体与他团体相异的“特殊性”。在这样的过程中，“民族文化”即成为包含各种各样边界、类别与范围的汇集，而各样边界类别范围之间则必然存在抵牾之处。

另一方面，那些被界定为某“民族”的成员却未必天然意识到“民族”的现代含义，起初往往为了在这个被强势推行的现代民族国家体系内生存才不得不“成为”一个民族，不得不接受这个体系的安排和管理，并按照体系对民族“个体”要求的那样去行为。为此，“民族”内的成员们（往往是其知识精英）不得不意识到他们作为群体性“个体”的特殊性和规定性，也不得不意识到他们作为群体性“个体”的那种自我意识和民族意识，此即现代含义的“文化自觉”与“民族自觉”，二者都基于“个体自觉”和“理性自觉”，而“民族认同”“文化认同”则为个体“自我认同”的相关延伸，“民族主义”亦与人对“个体性”的认识无法分离。

在世界近代史的实际进程中，伴随着上述两方面的则是无数的军事侵略、强权压迫与战争炮火，直到这些观念在全世界铺展开来。在民族国家体系内，尤其在某些环境里，这些观念被塑造成为仿佛内化了的、根深蒂固的意识形态。

将一群人命名为一个“民族”或“族群”并识别其差异、提取其特征、界定其属性，亦即为之确立边界。边界的确立将事物区别开来，将其确立为各个不同的、常常是隔绝的（或称不可通约的）“一个”。对“这一个”的确认同时包含了对“其他个”的相应排斥，不然无以构成区分。对“自我意识”和“民族意识”的认识和承认——那个“认同”——同时包含了对其他认识和方式的排斥，否则亦难以区分。

当清朝国门被炮火强行打开，西方各种力量及意识形态涌入，人们亦得以外出游历游学，在这样的历史条件下，晚清以来的中国知识分子获得了较以往更为清晰的比较与差异的视野，同时获得了更为清晰的边界、类别和范围概念，并得以在此基础上回过头来建立区分自身与他者的

“中国文化精神”，亦即在“文化自觉”及“民族自觉”的基础上对中国文化“特殊性”的认同与强调。民族国家体系在世界范围内的强行推广和铺展意味着民族国家内的成员被迫在比较与差异的基础上建立相对特殊的民族认同与文化认同，而对本土文化“特殊性”的认识或认同亦意味着对他认识和方式的相应排斥；由于西方的“现代”或“现代化”是主要参照对象，对自身“特殊性”的自觉过程便包含了对“现代”或“现代化”的排斥反应，即所谓“反现代化”的立场态度。

但其中需加以甄别的是，对文化“特殊性”的自觉过程包含了“反现代化”反应，其自身却不一定以“反现代化”为目的，它既可能通过对“国故”或“传统”的挖掘、整理与宣扬而逐渐成形，亦可能通过与西方现代精神各方面进行融合或杂糅而成。正基于此，我们才在前文对梁漱溟进行分析时认为，那种观点，即认为战败国的知识分子由于战争失利而产生强大的心理压力和文化认同危机，在自卑心理的补偿性反应下开始重塑本土“文化”或“精神”的看法，是把这个问题片面化、狭隘化了。

以上种种包含在现代性的逻辑构成之内，其内在逻辑本身就已包含了剧烈的、难以化解的矛盾与冲突，这种内核里的矛盾冲突与当今世界各种政治、文化的矛盾冲突则互为表里。

而现代性的逻辑缺陷也同样酝酿了后世“相对主义”包

含的那些矛盾和冲突。但是，倘若要更深入地理解何谓现代“相对主义”，我们不仅要从现代化的逻辑构成去理解它，还需将之与另一古老的“相对论”相参照。

在现代社会文化语境下，“相对主义”往往成为一种逻辑极端推论式的观念性存在，但是这一“相对主义”与中国古代那种相对运动的“相对观”则不同：一个是建立在矛盾和冲突之上的逻辑理性推论的结果，另一个则是在整体性的思维方式下通过对自然运动的观察而得出的结论。

中国传统文化里的相对观念基于对自然整体性运动的观察。自然运动不息生生不息，整个运动过程包含了种种相对关系，相对中包含运动，由相对而形成持续不断的运动；万物之间的相对关系是自然运动的基本关系，同时也是万物之运动获得平衡的基础。如是之“相对观”是构成中国传统思维方式的核心部分之一。在一般中国人看来，西方人为之激烈争辩的那些概念，诸如物质—精神、客观—主观、理性与非理性等都是相对的，在相对运动中可相互转化，这种相对与转化的“变易”观自然而然地融合在其思考方式中，亦体现为对世界、生活的看法与理解。

而西方的相对主义则是个体理性发展的逻辑结果。“相对主义”既是一种理论方法，同时也被一些人奉为某种信念或价值立场，但是在逻辑推论的尽头它则往往体现得自相矛盾，亦无法避免与虚无主义的瓜葛。

对“非西方国家”而言，当它们在与西方国家军事力量的较量中落败而被迫接受“现代化”时，它们也同时被迫进入了内含种种难解之二元性矛盾与冲突的结构当中。也就是说，在西方列强攻开国门之后，晚清以来的中国知识分子就被迫在政治军事强权的对照中去考虑中西文化差异并进入古今中西之类的二元性思考中，而此时的“中国”概念已转换为包含冲突与矛盾的二元结构中的一元，即从一个整体的相对的概念变成现代化格局下的一个卒子、一个“国家个体”。[①] 而彼时的知识分子并不天然熟悉这种二元冲突结构及其思维模式，即使慢慢地熟悉起来，他们对这一模式的思考亦往往处于从历史与文明中承继而来的整体性观念之下，亦即落脚于从整体出发谋求循道之“注释”的生命体验和生命实践。这一点明显地体现在中国早期人类学者费孝通先生的学科实践及其思考方向上。

但是，正由于此，在当今世界与日俱增的矛盾冲突中，这一特殊而含混的文化“容器”则有可能形成一个足以缓和的中间地带。

① 这样的转换直到今天仍难免产生混乱，如对“西方中心主义”的认识。“西方中心主义”是在现代化框架下对“西方”自身而言的，这个“西方”在对自己的反思中，把“东方”或他方作为自己的参照物，因此这个“西方中心主义”依旧是建立在从西方出发的东西方二元对立结构的思维模式之上，并在此思维模式之下再次从反思、批判中获取革新自身的力量。但是，作为参照物的“东方”倘若依此去顺势批判“西方中心主义”，那么就与真正的“西方中心主义”尤其与之体现出的自我反思性没有太大关系了，就容易蜕变成简单化的政治权力话语。另外，当这种通过二元对立获取自身革新力量的思维方式在我们自身的价值体系里尚未确立时，所谓的“颠倒的”或“反向的”东方主义则难以具备充分的成立条件，反而容易把人搞糊涂。

二　调和与平衡：中间地带的“文化”

经过漫长的追溯，我们看到，“文化”作为一个现代观念，它是在与“文明”相对的情境下被重新塑造出来，是对包含矛盾和冲突的二元性结构的现代性表达，天然地包含着相对和冲突的二分的痕迹，也就是说，“文化”是在相对性中成形的。对此，我们亦可以通过中国传统的整体性思维方式去理解它，尤其是理解其内包含的相对性。

“文化”并非某个单一实体，而是从现代性的对立、矛盾与冲突中逐渐“成长”起来的一个观念，它既可指涉具体，亦可指涉抽象，既可以指涉具体的生活细节，亦能够指涉包括了物质—精神、东方—西方、传统—现代、自我—他人等冲突观念的各个方面。“文化”这一术语既具有历史学、社会学、人类学以及文学的意图，亦具有道德哲学和政治学的蕴含；既可以指涉高度概括的结构又可以指涉极为具体的生活细节，对现代性之下的种种冲突和矛盾构成了一种整体性表达。“文化”之所以具有这么强大而含混的包容能力的一个重要原因在于，它并不仅仅是一个观念而始终与人的生活相关，是人类具体生活不断积累之后的呈现，而生活本身是自然持续进行的，因而在根本上“文化”可视为一个持续不断的相对运动过程，在这个运动过程中它得以包容并转化那些矛盾与冲突，并足以在从抽象结构到具体生活的诸范畴间形成一个含混地带，吸附并容纳其间的种种紧张。

也就是说，从自然运动的角度，我们可以将“文化”理解为一种虽然包含了各种矛盾冲突其整体却仍不断趋于调和与平衡的缓冲地带——儒家所谓之“和”，相互冲突的元素在其间进行相对性运动。人类社会本就是在这样的矛盾运动中变化的，这种变化一般被称为“发展”。从这个意味上来讲，由于人类学这门学科试图从“文化”概念出发对人类社会历史进行全面深入的理解，这门学科亦真真切切地成了缓和社会冲突和矛盾的理论场所和试验场所。也正是在这个意义上，费孝通先生晚年提出的“各美其美，美人之美，美美与共，天下大同”的文化自觉历程以及中华民族“多元一体”格局等构想，既是一种人类学的理论探索，亦是基于传统的整体性思维方式对“文化”的感知与判断。①

作为一种观念，儒家所谓之“和”包含着对无穷的运动变化以及相对与平衡的认识，我们亦是在这样的框架下去理

① 中国台湾人类学家李亦园先生亦曾围绕儒家“致中和”观念提出了具有传统式的包容力和生命力的“中和基本价值取向”构想，“依据儒家的‘中和位育’观，我们提供了‘中和基本价值取向’，并建构了和的三个层次即天系统或自然秩序、人系统或个体有机体和社会系统或社会的和谐均衡体系。人们不仅可以体察到三系统的存在，而且人们还依这些规则行事。例如，一个人在家照看病人时可以请西医、中医、巫师甚至风水先生，他相信他们能诊断每一种疾病，他还相信他们的诊断及处理互不冲突……所有的中国人，不管他们带着多少传统，在万物和睦这一点上，也就是‘致中和’的立场上，他们都有着共同的价值取向”。不过，他也表示，“在现代和传统之间也许很难把这种传统的价值体系整合进现代生活……在未来的几十年里，如何让这些传统价值观为现代服务，将是中国人要解决的主要问题”。参见李亦园《致中和——论传统中国乡民的基本价值取向》，北京大学社会学人类学研究所编《东亚社会研究》，北京大学出版社 1993 年版，第 105—106 页。

解梁漱溟先生的“人生三路向”说的。“人生三路向”说蕴含了对人从“物质”到“精神”的理解，带着进入西方现代二元冲突模式的痕迹，但梁漱溟的深刻洞察力则体现于向其间加上中国古老传统中的那个“三”，从而使之构成一条相对完整的人类发展道路。梁漱溟对人的精神性的理解，是超越于落后国家知识分子的“自卑式反应”那类见解的，这种对“精神”的坚持，可视为人当具有某种精神性的证言，贯穿了人类的整个思想史。

以上对“文化”观念进行了探察，采用的正是前述对自然之相对运动的整体性探察方式。为了看清楚我们就不能止于在外观看，还须进入运动之内并随之而运动，与此同时亦要保持相对在外，内与外也是一个相对关系及运动。从古老中国对自然运动的相对与调和的世界观出发去认识“文化”这一包含了诸多二元性矛盾与冲突的含混范畴，不仅可以厘清思路，亦令我们得以尽量避免在种种表象里迷失。

本书从一种追溯的愿望出发，围绕着“理性”“个体”“精神”“信仰”这几个西方思想史中的关键概念，去追溯它们在西方文明源头处的运动样态，进而思考我们当今对它们的理解可能出现了怎样的偏差并导致了怎样的现代性“病痛”。

经过这样的追溯，我们最终回到了自己站立之处来查看传统中基于对自然、道之观察和理解而形成的相对与运动的观念，以及这一整体性观念对我们现今的启发——这一关于相对运动的整体性观念就是追溯的结果，这个结果反过来亦构成本书的理论框架和阐释框架。

在这样的追溯过程里，我们试图辨明西方人类学与中国早期人类学道路之差别，以及从这种差别中体现出来的一种研究进向和可能：依循整体性观念中的“注释”特征进行的“重新解释”的活动，有可能成为一种重新建立自身价值体系的研究手段和方法。本书进而用“重新解释”的方法考察了在“文化”这一现代观念中本然蕴含的诸种矛盾和冲突。

“重新解释”的重点在于重新审视自身，但是不特别注重从中西二元性对抗中获取某种非此即彼的偏颇力量以改头换面，其关注点在于以“自然”和“道”作为整体性价值体系的解释框架，在此框架下将现今社会及其观念作为自然运动之一段来理解，从而在自身内部进行某种意味上的创造性转换。这种转换的基点并非西方现代式逻辑与定义之“变革”，仍可被视为不离《周易》之“变易”，亦是自然运动之相对、调和与平衡之现象的显现。这样一种“重新解释”的进向，对我们自身而言，也许是一条“批评地把中国原来态度重新拿出来”、重新认识自身、重新建设自身价值体系的有效道路。

“重新解释”式地回到传统并非为了复古，亦非为了意识形态的复兴，而是将各类传统视为人类的心灵资源，视为现今的源头与活水。我们试图以“重新解释”的方式去感知并继承古代的心灵，正是为了更好地体察我们自己这个现代的心灵。

参考文献

中文译著

[美] 大卫·阿古什:《费孝通传》, 董天民译, 河南人民出版社 2006 年版。

[美] 艾恺:《世界范围内的反现代化思潮》, 贵州人民出版社 1991 年版。

[美] 艾恺:《最后的儒家》, 王宗昱、冀建中译, 江苏人民出版社 2003 年版。

[美] 伯纳德特:《索福克勒斯的〈俄狄浦斯王〉》, 刘小枫、陈少明主编《索福克勒斯与雅典启蒙》, 华夏出版社 2007 年版。

[德] 马丁·布伯:《我与你》, 陈维纲译, 生活·读书·新知三联书店 1986 年版。

［法］德日进：《德日进集》，王海燕编选，上海远东出版社 2004 年版。

［德］保罗·蒂利希：《蒂利希选集》（上），陈新权、王平译，上海三联书店 1999 年版。

［美］杜维明：《儒家思想新论——创造性转换的自我》，江苏人民出版社 1995 年版。

［法］福柯：《知识考古学》，谢强等译，生活·读书·新知三联书店 2007 年版。

［美］克利福德·格尔茨：《文化的解释》，韩莉译，译林出版社 1999 年版。

［美］克利福德·格尔茨：《地方性知识》，王海龙译，中央编译出版社 2004 年版。

［美］顾定国：《一位美国人类学家眼里的“人类学中国化”》，胡鸿保等译，《广西民族学院学报》（哲学社会科学版）1999 年第 4 期。

［美］顾定国：《中国人类学逸史——从马林诺斯基到莫斯科到毛泽东》，胡鸿保等译，社会科学文献出版社 2000 年版。

［德］海德格尔：《形而上学导论》，熊伟、王庆节译，商务印书馆 2007 年版。

［德］黑格尔：《历史哲学》，王造时译，上海书店出版社 2006 年版。

［美］华勒斯坦等：《开放社会科学》，刘锋译，生活·

读书·新知三联书店 1997 年版。

［美］詹姆斯·克利福德、乔治·马库斯编：《写文化——民族志的诗学与政治学》，高丙中等译，商务印书馆 2006 年版。

［美］托马斯·库恩：《科学结构的革命》，金吾伦等译，北京大学出版社 2003 年版。

［美］勒文森（Joseph R. Levenson）：《梁启超与中国近代思想》，刘伟、刘丽、姜铁军译，四川人民出版社 1986 年版。

［美］列文森（Joseph R. Levenson）：《儒教中国及其现代命运》，郑大华、任菁译，广西师范大学出版社 2009 年版。

［法］克洛德·列维－斯特劳斯（Claude Levi－Strauss）：《野性的思维》，《列维－斯特劳斯文集》，中国人民大学出版社 2007 年版。

［法］克洛德·列维－斯特劳斯（Claude Levi－Strauss）：《结构人类学》，《列维－斯特劳斯文集》，中国人民大学出版社 2007 年版。

［英］马林诺夫斯基：《西太平洋的航海者》，梁永佳、李绍明译，华夏出版社 2002 年版。

［西班牙］迈蒙尼德：《迷途指津》，傅有德等译，山东大学出版社 2004 年版。

［美］马尔库斯、费彻尔：《作为文化批评的人类学——一个人文学科的实验时代》，王铭铭、蓝达居译，生活·读

书·新知三联书店 1998 年版。

［德］尼采：《论道德的谱系·善恶之彼岸》，谢地坤等译，漓江出版社 2007 年版。

［新加坡］潘朝伟：《当代〈约伯记〉研究》，《圣经文学研究》2014 年第 1 期。

［美］马歇尔·萨林斯：《甜蜜的悲哀》，王铭铭、胡宗泽译，生活·读书·新知三联书店 2000 年版。

［美］马歇尔·萨林斯：《历史之岛》，蓝达居等译，上海人民出版社 2003 年版。

［美］马歇尔·萨林斯：《"土著"如何思考——以库克船长为例》，张宏明译，上海人民出版社 2003 年版。

［美］列奥·施特劳斯：《自然权利与历史》，彭刚译，生活·读书·新知三联书店 2006 年版。

圣经神学辞典编译委员会：《圣经神学辞典》，台湾光启出版社 1978 年版。

《圣经》现代标点合和本，中国基督教协会出版。

［德］施密特：《对古老宗教启蒙的失败：〈俄狄浦斯王〉》，刘小枫、陈少明主编《索福克勒斯与雅典启蒙》，华夏出版社 2007 年版。

［德］马克斯·韦伯：《新教伦理与资本主义精神》，于晓等译，生活·读书·新知三联书店 1987 年版。

［英］雷蒙·威廉斯：《关键词：文化与社会的词汇》，刘建基译，生活·读书·新知三联书店 2005 年版。

［美］西格尔：《〈安提戈涅〉中的人颂和冲突》，刘小枫、陈少明主编《索福克勒斯与雅典启蒙》，华夏出版社2007年版。

［法］谢和耐：《中国与基督教——中西文化的首次撞击》（增补本），耿昇译，上海古籍出版社2003年版。

［美］亚当斯：《人类学的哲学之根》，黄剑波等译，广西师范大学出版社2006年版。

［古希腊］亚里士多德：《形而上学》，吴寿彭译，商务印书馆1981年版。

［古希腊］亚里士多德：《诗学》，陈中梅译，商务印书馆1996年版。

［德］伊利亚斯：《文明的进程——文明的社会起源和心理起源的研究》，王佩莉译，生活·读书·新知三联书店1998年版。

中文文献

曹跃明：《梁漱溟思想研究》，天津人民出版社1995年版。

陈鼓应：《老子今注今译》（参照简帛本修订版），商务印书馆2009年版。

陈菘编：《五四前后东西文化问题论战文选》，中国社会科学出版社1985年版。

费孝通：《乡土中国　生育制度》，北京大学出版社1998年版。

费孝通：《论人类学与文化自觉》，华夏出版社 2004 年版。

费孝通：《江村经济——中国农民的生活》，商务印书馆 2002 年版。

费孝通、李亦园：《从文化反思到人的自觉——两位人类学家的聚谈》，《战略与管理》1998 年第 6 期。

封祖盛编：《当代新儒家》，生活·读书·新知三联书店 1989 年版。

郭霭春：《黄帝内经素问校注语译》，贵州教育出版社 2010 年版。

胡鸿保主编：《中国人类学史》，中国人民大学出版社 2006 年版。

景海峰、黎业明：《梁漱溟评传》，人民出版社 1999 年版。

康有为：《欧洲十一国游记》，钟书河校点，湖南人民出版社 1980 年版。

李亦园：《致中和——论传统中国乡民的基本价值取向》，北京大学社会学人类学研究所编《东亚社会研究》，北京大学出版社 1993 年版。

李亦园：《新世纪的人文关怀》，《广西民族学院学报》（哲学社会科学版）2002 年第 1 期。

梁漱溟：《人心与人生》，《梁漱溟全集》（第三卷），山东人民出版社 2005 年版。

梁漱溟：《中国文化要义》，上海世纪出版集团 2005 年版。

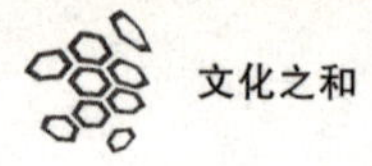

梁漱溟：《东西文化及其哲学》，上海世纪出版集团 2006 年版。

梁漱溟：《这个世界会好吗——梁漱溟晚年口述》，艾恺采访，东方出版中心 2006 年版。

刘华：《俄狄浦斯的眼睛——伯格曼与电影哲学》，福建教育出版社 2010 年版。

罗念生：《罗念生全集》第二卷，上海人民出版社 2004 年版。

吕澂：《吕澂集》，中国社会科学出版社 1995 年版。

马勇：《梁漱溟评传》，安徽人民出版社 1992 年版。

潘乃谷、王铭铭编：《重归“魁阁”》，社会科学文献出版社 2005 年版。

彭兆荣：《人类学仪式的理论与实践》，民族出版社 2007 年版。

彭兆荣：《遗产：反思与阐释》，云南教育出版社 2008 年版。

彭兆荣、李春霞：《岭南走廊：帝国边缘的地理和政治》，云南教育出版社 2008 年版。

乔健：《费孝通先生：一些个人的评价》，北京大学社会学人类学研究所编《东亚社会研究》，北京大学出版社 1993 年版。

王建民：《中国民族学史》（1903—1949）（上卷），云南教育出版社 1997 年版。

王铭铭：《西学“中国化”的历史困境》，广西师范大学出版社2005年版。

王铭铭：《25年来中国的人类学研究》，《中国人类学评论》第1辑，世界图书出版公司2007年版。

王铭铭：《西方作为他者——论中国“西方学”的谱系和意义》，世界图书出版公司2007年版。

王铭铭：《中间圈——“藏彝走廊”与人类学的再构思》，社会科学文献出版社2008年版。

吴文藻：《人类学社会学研究文集》，民族出版社1990年版。

徐新建：《西南研究论》，云南教育出版社1992年版。

徐新建：《全球语境与本土认同：比较文学与族群研究》，巴蜀书社2008年版。

徐新建：《横断走廊：高原山地的生态与族群》，云南教育出版社2008年版。

徐新建：《以开放的眼光看世界——人类学需要的大视野》，《思想战线》2011年第2期。

徐新建：《从文学到人类学——关于民族志和写文化的答问》，《北方民族大学学报》（哲学社会科学版）2009年第1期。

徐新建：《回向“整体人类学”》，《思想战线》2008年第2期。

徐新建：《文学人类学：中西交流中的兼容与发展》，

《思想战线》2001 年第 4 期。

杨清媚：《最后的绅士——以费孝通为个人案例的人类学史研究》，世界图书出版公司 2010 年版。

叶舒宪：《文学与人类学——知识全球化时代的文学研究》，社会科学文献出版社 2003 年版。

叶舒宪：《现代性危机与文化寻根》，山东教育出版社 2009 年版。

张冠生：《费孝通传》，群言出版社 2000 年版。

张灏：《新儒家与当代中国的思想危机》，封祖盛编《当代新儒家》，生活·读书·新知三联书店 1989 年版。

张缨：《〈约伯记〉双重修辞解读》，华东师范大学出版社 2009 年版。

赵汀阳：《天下体系：世界制度哲学导论》，江苏教育出版社 2005 年版。

郑大华：《梁漱溟与现代新儒学》，台北文津出版社 1993 年版。

郑大华：《梁漱溟学术思想评传》，北京图书馆出版社 1999 年版。

古籍文献

（魏）王弼：《老子道德经注校释》，楼宇烈校释，中华书局 2008 年版。

［古印度］护法等造：《新导成唯识论》，（唐）玄奘译，

［日］佐伯定胤校订，［日］内学讲堂印，共同精版印刷株式会社昭和五十年第 4 版（1975 年版）。

（唐）玄奘译：《瑜伽师地论科句披寻记》，弥勒菩萨说，无著菩萨记，韩清净科记，北京华藏图书馆 2008 年印。

（宋）朱熹：《四书章句集注》，中华书局 1983 年版。

（宋）朱熹：《周易本义》，廖名春点校，中华书局 2009 年版。

（明）憨山：《憨山老人梦游集》，北京图书馆出版社 2005 年版。

（清）黄元吉：《道德经讲义》，蒋门马校注，宗教文化出版社 2003 年版。

英文文献

Francis I. Andersen, *Job: An Introduction and Commentary*, London: Inter – Varsity Press, 1976.

Samuel E. Balentine, *Job*, Smyth & Helwys Bible Commentary Volume 10, Macon: Smyth & Helwys, 2006.

Seth Benardete, *The Argument of the Action*, the University of Chicago Press, 2000.

G. A. Buttrick, *The Interpreter's Dictionary of the Bible: An Illustrated Encyclopedia*, New York & Nashville: Abingdon Press, 1962.

E. Dhorme, *A Commentary on the Book of Job*, Translated

by Harold Knight, London: T. Nelson, 1967.

John Isaac Durham, *Exodus*, Word Biblical Commentary Vol. 3, Waco & Texas, 1987.

C. Edwards, "Greatest of All People in the East: Venturing East of Uz", *RevExp* 99, 2002.

Robert Eisen, *The Book of Job in Medieval Jewish Philosophy*, Oxford, New York: Oxford University Press, 2004.

William Scott Ferguson and Arthur Darby Nock, "The Attic-Orgeones and the Cult of Heroes", *The Harvard Theological Review*, Vol. 37, No. 2, 1944.

D. N. Freedman, *The Anchor Bible Dictionary*, New York: Doubleday, 1992.

René Girard, *Job, the Victim of His People*, Translated by Yvonne Freccero, London: Athlone Press, 1987.

Nahum N. Glatzer, *The Dimensions of Job: A Study and Selected Readings*, New York: Schocken Books, 1969.

Robert Gordis, *The Book of God and Man: A Study of Job*, Chicago: University of Chicago Press, 1965.

Robert Gordis, *The Book of Job: Commentary, New Translation, and Special Studies*, New York: The Jewish Theological Seminary of America, 1978.

James L. Grenshaw, "Murder without Cause", *A Whirlpool of Torment: Israelite Traditions of God as an Oppressive Presence*,

Philadelphia: Fortress Press, 1984.

Norman C. Habel, *The Book of Job: A Commentary*, London: SCM Press, 1985.

Morris Jastrow, "The Literary Form of Job, A Symposium not a Drama", *Book of Job: Its Origin, Growth and Interpretation*, Philadelphia & London: J. B. Lippincott Company, 1920.

Saadiah Ben Joseph, *The Book of Theodicy: Translation and Commentary on the Book of Job*, Translated by L. E. Goodman, Yale Judaica Series, XXV, New Heaven: Yale University Press, 1988.

H. M. Kallen, *The Book of Job as a Greek Tragedy*, New York: Hill and Wang, 1918.

Edmund R. Leach, *Social Anthropology*, New York: Oxford University Press, 1982.

MargaretMasterman, "The Nature of a Paradigm", in Imre Lakatos & Alan Musgrave (eds.), *Criticism and the Growth of Knowledge*, Chicago: The University of Chicago Press, 1970.

Carol A. Newsom, *The Book of Job: A Contest of Moral Imaginations*, Oxford: Oxford University Press, 2003.

Carol. A. Newsom and S. E. Schreiner, "The Book of Job", in *Dictionary of Biblical Interpretation*, Vol. 1, John H. Haynesed, Nashville: Abingdon Press, 1999.

Leo G. Perdue, *Wisdom in Revolt: Metaphorical Theology in*

the Book of Job, Sheffield: Almond Press, 1991.

Marshall Sahlins, *The Use and Abuse of Biology*, Chicago: Chicago University Press, 1976.

Nathaniel Schmidt, *The Messages of the Poets*, New York: C. Scribner's sons, 1911.

Charles Segal, *Tragedy and Civilization: An Interpretation of Sophocles*, Cambridge: Harvard UP, 1981.

Layton Talbert, *Beyond Suffering: Discovering the Message of Job*, Greenville: Bob Jones University Press, 2007.

Gerald H. Wilson, *New International Biblical Commentary: Job*, Old Testament Series 10, Peabody: Hendrickson Publishers, Inc., 2007.

The Oxford Dictionary of English Etymology, New York: Oxford University Press, 1982.